Ah, darwinisme, quand tu nous tiens !

DU MÊME AUTEUR

Le Génie du cagibi, Books on Demand, 2024

Grâce à tous les seins, Books on Demand, 2024

(Sous le nom de Michel Robert)
La Grosse Marfa, Arléa, coll. « 1ᵉʳ mille », 2001

(Sous le pseudonyme de Michel Hauteville)
L'Enfant des forêts, Le Tripode, 2023

Cinq des textes du présent ouvrage ont été publiés dans la revue ***Décapage*** n°69, printemps 2024, sous le pseudonyme de **Michel Hauteville** :
« Les Chemins de la gloire » ; « Madame Soleil » ; « Amours à la russe » ; « Ah, darwinisme, quand tu nous tiens ! » ; « Poisson d'argent ».

Mai 2024

Michel Avincey

Ah, darwinisme, quand tu nous tiens !

© 2024 Michel AVINCEY
Édition : BoD – Books on Demand, info@bod.fr
Impression : BoD – Books on Demand, In de Tarpen 42, Norderstedt (Allemagne)
Impression à la demande
ISBN : 978-2-3225-3951-2
Dépôt légal : Juin 2024

> Crâne
> Riche crâne,
> Entends-tu la Folie qui plane ?

Jules Laforgue, ***Complainte du pauvre jeune homme***

À Madame Marie-Aleth David qui a su si bien communiquer son enthousiasme littéraire à l'élève de 3ème qu'un jour j'ai été !

Les Chemins de la gloire

Jean-Jacques se faisait appeler John. John depuis son plus jeune âge : en fait depuis qu'il avait vu John Wayne dégainer son Colt dans *Rio Bravo* sur fond de vastes paysages américains... De là lui était venu ce mal de notre époque : l'envie furieuse de quitter sa propre peau pour, d'un coup de baguette magique et d'un seul, devenir un autre... Plus beau, plus grand, plus riche...

Ah ! Le fantasme de l'altérité ! Ne plus se trimbaler sa pauvre bobine de comptable émargeant à 1800 euros net par mois dans une fabrique d'abattants de W.-C. pour devenir James Dean (ou le grand John à monocle sur son cheval bai) et cavalcader dans les immenses canyons du Colorado... tel est l'ultime but de certaines tristes existences, ultime but par ailleurs inatteignable fors *dans leur tête*.

Jean-Jacques (ou John-John, si l'on veut), un jour, eut l'idée d'adopter un ornithorynque. Mais comme la Nouvelle-Zélande tient à préserver ses espèces endogènes à tout prix – impossible d'en importer un, fût-ce en contrebande et à prix d'or –, il dut donc bien se rabattre sur un animal plus commun : une poule wyandotte de bonne extraction qu'il baptisa aussitôt Gloria.

– Mais qu'est-ce que tu vas faire avec ça, John-John ? que l'interrogeait Kev-Kev (Kevin, pour de vrai), son petit ami, un gars qui avait la tête plus sur les épaules que son conjoint puisqu'il pratiquait la sophrologie pour régler ses problèmes de compte en banque.

– Je vais lui apprendre à jouer du synthétiseur pour faire le buzz sur le net.

– Ah ! ouais, chouette ! Comme ça, on aura des millions de *followers* et on gagnera plein de fric avec.

– Pourquoi "on" ?

Kev-Kev le regardait avec de grands yeux de Chat Potté innocent ne comprenant pas la question de John-John.

– Tu viens de dire "on" gagnera plein de fric... Pourquoi ?

– Oh, c'est juste que je pensais, par la même occasion, pouvoir faire quelques séances de sophrologie sur ta poule, en ligne, et me créer moi aussi des millions de followers... Tu vois le truc d'ici : John-John et Kev-Kev, le duo d'influenceurs super génial ! Ça va kiffer dans les chaumières.

Dubitatif, John-John se contenta d'une moue perplexe pour répondre à son mec un peu trop intrusif :

– Tout dépendra des facultés de la poule...

Non, mais ! Se greffer sur ma foutue géniale idée comme un pou sur la tête d'un diabétique ! Il est gonflé, tout de même... (Ceci, John-John le pensa très fort sans toutefois l'énoncer à haute voix pour autant ; il s'arrangerait pour faire passer Kev-Kev pour plus poule que sa propre poule au moment du tournage de ses petits films. Les youtubeurs n'y verraient que du feu.)

Le gallinacé de John-John acheté au marché à bestiaux du coin avait peu de prédispositions pour la musique. La volaille confondait toujours le *do* et le *fa* sans compter que l'écartement de ses « orteils » longs et fins la desservait lorsqu'il fallait jouer une série de gammes. Et puis, la malheureuse, elle n'avait de toute façon pas assez de doigts pour jouer tout ce qui était écrit sur la partition… Aussi ses progrès restèrent-ils mineurs et sa compréhension du solfège limitée. « Cot cot cot codèt ! », c'est tout ce qu'elle savait chanter.

Aussi John-John apprit bien vite, quant à lui, à déchanter.

En outre, Gloria était une piètre actrice. Elle ne regardait jamais l'objectif en face. Tout cela était certes tourné avec un simple portable mais même ça – le côté minimaliste du matériel comme de l'équipe de tournage des « clips » – même ça donc l'impressionnait. Peut-être seul Quentin Tarantino eût-il pu en tirer quelque chose de bon, de cet animal, à condition d'aimer les situations aussi inattendues qu'extravagantes : Gloria crottant sur les touches ; Gloria battant des ailes à contre-temps (l'andouille devait confondre timbale et synthétiseur) ; Gloria poussant des cris d'orfraie dès lors que

John-John essayait en catimini de guider ses pattes sur le clavier... Bref, rien à tirer de la bestiole rétive ; mademoiselle resterait la pire comédienne du Net de tous les temps.

Adieu rêves extraordinaires ! Rêves de gloire et d'argent sur la toile... Jusqu'au jour où John-John et Kev-Kev la buttèrent *en ligne* devant quelques milliers de spectateurs ahuris avant de la fricasser tout aussi sec à grand renfort de fer à souder... C'est ainsi que leur tout nouveau programme intitulé (en mauvais anglais trafiqué) *Chicken Kitchen Cooks* devint un programme « bankable » du jour au lendemain.

Sans Gloria vivante.

Mais Gloria défunte, enfin la gloire !

Du reste, Bethany van Blom du groupe Scarlett O'Hara and her Piglets eut la finesse de se saisir de l'événement au bon moment pour en faire le gimmick absolu qu'on connaît tous depuis :

Gloria ! Glo-riii-a !
O my dear hysteria
I kiss you in a loggia...
O Gloria ! Glo-riii-a !
O beautiful soria
Here or in Asia
O my dear hysteria
I kiss you in a loggia...

Ne me demandez pas ce que cela signifie, je ne l'ai jamais su.

Madame Soleil

Un jour, un suicidaire sur le point de sauter d'un pont m'avait demandé, avec des sanglots dans la voix :

– Hé ! toi, gros malin ! Dis-moi donc ce qui te fait dire que la vie vaut tant la peine d'être vécue !

– Le saut à l'élastique ! que je n'avais pas pu m'empêcher de lui rétorquer du tac au tac, agacé, un brin chagrin à cause de son attitude défaitiste. Il faut dire qu'il avait appuyé sur le mot « tant » avec *tant* d'insistance et *tant* de dédain moqueur que c'était sorti comme ça, spontanément de ma bouche, presque à mon corps défendant, si bien que voici mon andouille qui se jette dans le vide – sans élastique aucun pour le coup, bien sûr –, les bras en croix, en hurlant comme un dératé, pour aller s'écraser, pis qu'un vieux clafoutis, au fond de la rivière juste en dessous ! Autrement, dit un geste de désespéré.

Je ne sais pas bien consoler les gens malheureux. Peut-être aurais-je dû tenir ma langue ou, à tout le moins, lui répondre par un ronflant « Ben ! L'amour !… Eh ! oui, patate ! L'amour fait que la vie vaut la peine d'être vécue » – ce que je n'ai pas fait... pour la bonne raison que je ne croyais pas tellement moi-même à cette assertion. D'où ma répartie idiote sur le saut à l'élastique qui a jailli, en lieu et place, tout droit de mon esprit fourbe et tordu...

Ah ! le bonheur, le bonheur ! Ou encore : « L'amour, l'amour toujours ! », comme le disait si bien Madame Soleil, une grande philosophe contemporaine (hélas décédée aujourd'hui), faut-il que cela vous travaille les foies pour en arriver à de telles extrémités... surtout si on en est privé.

J'ai connu un type qui ne l'a jamais trouvé à cause de son micropénis. Dix-huit fois le malheureux a échoué à le débusquer, ce foutu sacro-saint amour, après dix-huit rencontres avortées sitôt entamées... et ce, tout simplement parce qu'en triste microgénitomorphe qu'il était, le pauvre, avant même que lui-même n'ait eu le temps de crier l'*Aâââââhrr !* merveilleux de l'acmé du plaisir, voilà que les dames pouffaient en voyant le ridicule appendice caudale du bonhomme quitter malgré elles leur pertuis assailli – mais insatisfait – par une si petite puissance virile... Le bonheur réside-t-il dans une longueur de queue ou n'est-il pas, au juste, qu'un fantasme de plus de l'homme occidental ivre de records à battre ? Vaste sujet de réflexion.

Mademoiselle Vermillon, ma vieille voisine octogénaire, par exemple, qui en connaissait un rayon sur l'amour... ou sur le bonheur ou la joie de vivre ou sur (qu'importe, après tout !) – appelons cela comme on veut – ne faisait pas tant de chichis quand elle abordait cette épineuse question. Eh bien, toute Vermillon périmée qu'elle était, avec sa *DLC* derrière elle depuis des lustres, en voilà une qui croquait chaque jour qui passe avec autant d'aisance que de candeur juvénile. Germinie Vermillon faisait en effet l'amour avec son chihuahua depuis cinquante ans sans que cela ne lui cause aucun cas de conscience ! Cinquante ans, oui ! Et quand je dis « avec son chihuahua », cela ne signifie pas que son petit compagnon de coucherie était arrivé à l'âge canonique de cinq décennies cumulées (oh que non ! un canidé de cette espèce, ça ne vit pas aussi longtemps), mais simplement qu'elle en avait usé une bonne demi-douzaine durant toute la période considérée.

– Ah ! mais, j'ai joui ! J'ai joui ! qu'elle hululait à chaque fois qu'elle me racontait ses exploits sexuels in extenso. En ce temps-là, ajoutait-elle, on savait jouir sans se poser de questions infinies sur le pourquoi du comment et sur « comment construire son bonheur ? »... Voyez-vous, cher voisin, Bougon que voici est un si bon bourre-minou que j'ai décidé de ne pas mourir avant mes quatre-vingt dix-sept ans révolus.

Dois-je noter que Bougon était doté de deux gros yeux noirs qui vous dévoraient d'un regard de feu et que, tout vibrant de son petit corps fiévreux de chien constamment en rut, je faisais bien attention de ne jamais me retrouver de dos face à son museau de grand dévergondé ;

j'avais bien trop peur qu'il ne fût par ailleurs sodomite.

Bref, Germinie Vermillon possédait les clés du bonheur. Sans questionnements inutiles. Savoir le choper là où il se trouve et ne jamais lui lâcher les ailes une fois piégé, telle est la bonne attitude à pratiquer avec cet oiseau-là – faute de quoi le salopard vous file entre les doigts. (Je crois que, sur la question, Bougon partageait la même philosophie que sa maîtresse, raison pour laquelle je ne vis jamais couple aussi bien assorti que ce chien-chien à sa mémère accoté de sa mémère à toutou…)

Amours à la russe

Il paraît que manger des carottes rend les cuisses roses... On dit aussi que devient tout rouge et turgide le stupide fiancé devant sa promise offerte le soir des noces... Que la pourpre lui monte au visage. Que le bonheur ne dure pas. Ou encore qu'il s'effrite, au jour le jour, à force de fréquenter toujours la même figure qui ne cesse de changer – en mal, la plupart du temps – au fil des années. Celle du conjoint...

Pour reprendre les paroles de la géniale Catherine Ringer :

Les histoires d'a...
Les histoires d'am...
Les histoires d'amour finissent mal en généralllll...

C'est pas faux.

J'ai connu un colonel de l'Armée Blanche qui, à force de toujours jouer avec la même femme (son épouse) à broute-minou pendant quinze ans, un jour, en eut marre.

– Tatiana ! qu'il l'appelle, comme ça, un beau matin, sans crier gare. Venez céans !

C'était un mardi, un triste mardi de pluie et de neige mêlées. Au salon vide, bourdonnait le seul objet sauvé de la peste bolchevique lors de leur fuite de Novgorod, *id est* ce cartel tout émail et maillechort repoussé, transporté à grand renfort d'huile de coude et de jurons pendant leur fuite hors d'URSS avec, dans la même malle, la momie de leur ancêtre, le prince Soubirov, empaillé pour l'occasion.

— *Tatiana maïa* (soit « ma Tatiana à moi »), allez donc placer dans la glaciaire ce gâteau que je viens d'acheter à la pâtisserie du coin. Nous nous en régalerons à midi.

Et Tati, toute heureuse de l'aubaine d'un bon framboisier à se mettre sous la dent, d'obtempérer aussitôt. Il faut dire que les paris-brest et autres mille-feuilles remplaçaient depuis pas mal de temps déjà les « preuves d'amour » de son mari ; que le colonel en avait un peu ras la casquette de sa moitié femelle et que les draps du lit restaient désespérément froids depuis belle lurette.

Et voici que – « boooum ! » – la modeste kitchenette du couple explose ! C'était juste que son taquin d'époux avait remplacé le gâteau par une jolie bombinette de sa fabrication (objet explosif à l'origine destiné à Staline mais qui n'avait pas servi... le colonel Pavel Alexandrovitch ayant en effet appris le noble art de la fabrication des bombes avec quelques anarchistes de droite rencontrés en France au début de son exil).

Problème conjugal réglé.

Minette ne l'encombrerait plus. De son âme envolée, ne resta qu'un peu de fumée dans le salon dévasté ; de son corps, une dépouille pantelante éjectée par la fenêtre en bas dans la courette.

Le Russe, jovial et efficace, a toujours su régler ses problèmes domestiques avec art et dextérité.

Longtemps je me suis couché tard. Tout plein d'envie et de jalousie à l'encontre de ce militaire d'une armée morte, certes déchu, mais tellement astucieux. En pensant à lui qui ne tergiversait pas sur les moyens de parvenir à l'accomplissement de soi...

L'enquête ayant conclu à une fuite de gaz, le veuf se trouva libre de recommencer sa vie – une existence toute nouvelle s'ouvrait devant lui, remplie de promesses. Projet qu'il jura de mettre en œuvre dès le lendemain des obsèques de madame... Qui, à son exemple, n'a jamais rêvé de se voir ainsi débarrassé, comme par magie, d'une vie qui ne lui convient plus ? Qui ne s'est jamais imaginé, au moins une fois, défenestrant son épouse insupportable ? Qui ? dites-le moi ! Qui ? vous dis-je...

Allez, nulle honte ! Il ne s'agit là, après tout, que de vains fantasmes qui jamais ne se réalisent.

Dois-je ici ajouter que le veuf mourut, à son tour, une semaine à peine après l'éviction de sa femme ? Madame ayant en effet remplacé, quelques heures seulement avant son propre décès (poussée par un moment d'aigreur passager, j'imagine), le cachet de *Jécopeptol* de monsieur par une micro-pile électrique dans le tube de médicaments contre les troubles gastriques que celui-ci utilisait à l'occasion... Le colonel trépassa dans d'atroces souffrances, œsophage percé. À l'un comme à l'autre, paix à leurs âmes ! Tous deux sont, depuis leur éradication mutuelle, inhumés côte à côte au cimetière de Sainte-Geneviève-des-Bois. Bien obligés de se supporter pour l'éternité ! Un jeu partout, balle au centre !

Un merle vient souvent chanter sur leur tombe et y pondre sa crotte.

Ah, darwinisme, quand tu nous tiens !

Un jour que je m'ennuyais, je décidai de mettre en pratique le jeu de la chaîne alimentaire dans toute sa rigueur. Ceci afin d'avoir testé au moins une fois dans mon existence ce principe essentiel qui agit le monde du vivant : je veux dire la loi du plus fort...

Je donnai donc un puceron à une coccinelle qui le mangea,

ladite coccinelle à un moineau qui la mangea,

le pauvre piaf innocent à mon chat qui le mangea,

Mistigri à mon dogue allemand qui se le bâfra en deux coups de cuillère à pot avant qu'à mon tour, je ne mange Médor une fois transformé en ragoût... mon pauvre cher chien fidèle qui me mangeait nonobstant dans la main.

Ce n'est pas que je sois cruel par nature mais j'aime bien observer les choses.

J'en étais à ce stade de la chaîne alimentaire lorsqu'une idée horrible me traversa l'esprit : « Et moi ? *Et moi*, qui va donc me manger ? »

À partir de ce jour-là (jour terrible marqué d'une croix noire sur mon calendrier des Postes), je peux dire que je ne vécus carrément plus – enfin plus vraiment comme avant – tant une grosse angoisse me poursuivait partout. Tenez, par exemple : ma voisine, la vieille madame Ferguçon, comment ignorer qu'elle avait dorénavant une *drôle* de façon de me regarder ? surtout lorsqu'elle faisait mine de ne pas être chez elle alors qu'en réalité, la chafouine, elle s'y trouvait pourtant bel et bien en train de me zieuter tondant la pelouse (ou pire encore, au moment où je changeais de slip dans l'intimité de ma chambrette, laquelle donne sur l'arrière de sa maison).

Tu dois faire quelque chose ! Tu dois faire quelque chose, m'exhortais-je alors, d'un coup saisi par la panique.

« *Cette vieille bique, a-t-elle au moins des couteaux de boucher dans ses tiroirs et un congélateur où planquer les restes ?*

– *Mais de quels restes parles-tu donc au juste ?*

– *Mais des* tiens, *stupide animal ! Des tiens... De qui donc d'autre parlerions-nous ?* »

Ah ! Trouille de ma vie ! Ces vieux débris-là, tout le monde le sait bien, c'est vice et compagnie. Une faute d'inattention et hop ! voici que mamie vous assène par derrière un violent coup de déambulateur sur le crâne tandis que vous repiquiez gentiment vos bulbes de tulipes et que vous vous retrouvez alors estourbi au milieu du gazon – estourbi, faible, innocent comme le nouveau-né mais hélas prêt à être transformé en chair à saucisse par l'ancêtre homicide...

Je voyais ça d'ici au point de ne plus en dormir de la nuit. Encore, si je n'avais pas été retraité, un labeur quotidien m'aurait sans doute sauvé de mes pensées noires sauf que, retiré du monde du travail, j'étais depuis constamment à la maison, à la merci de l'œil d'Argus de la féroce mademoiselle Ferguçon... comme piégé à demeure.

Pour régler cet épineux problème de l'épée de Damoclès suspendue au-dessus de ma tête, j'envisageai en conséquence toutes sortes de possibilités :

1 – mettre le feu à la baraque de la vioque pour me débarrasser d'elle par combustion (un stratagème simple et ingénieux) ;

2 – la pousser, elle, toute menue et ne pesant pas plus de cinquante kilos à tout casser, sous les roues d'un bus de ville après l'avoir suivie jusqu'à la bien-nommée station *Portes du Paradis* toujours surpeuplée... (Avec la foule, ni vu ni connu ! je t'embrouille.) ;

3 – lui verser de l'antigel dans son potage du soir ;

4 – remplacer en douce les légumes de sa soupe mis à cuire dans sa cocotte-minute par de vieux clous pour que ce contenu exotique finisse par lui exploser à la figure... (En cas de loupé, peut-être que le Destin permettrait au moins qu'elle meure du tétanos après s'être fait piquer par l'un de ces projectiles métalliques rouillés ?)

Mais ce fut tout bêtement Mère Nature elle-même qui, dans sa grande sagesse, régla le problème à ma place, sans que je n'eusse plus désormais à intervenir, puisqu'elle souffla la bougie de mamie Ferguçon un beau matin gris d'automne ! Adieu, engeance maligne ! La messe était dite lorsque son auxiliaire de vie trouva la pauvre décédée toute chaude encore devant son petit poêle à mazout éteint tandis que son âme avait quitté son corps depuis un bout de temps déjà.

Ah, effrayante mamie, que n'eussiez-vous péri avant le puceron ! Ainsi m'eussiez-vous assurément économisé bien des nuits d'insomnie !

Poisson d'argent

Depuis hier, je n'arrête pas de brûler des livres !

Je me fais peur. Peut-être est-ce là la manifestation de ce mal de plus en plus courant de nos jours – le mal du « larvillon-nazillon » – qui me ronge de l'intérieur ?

Il y a d'abord eu *La Métamorphose* de mon cher Kafka, que j'ai jetée sans sourciller dans le brasier de branches mortes au mitan du jardin (le triste livre se tortillait dans la géhenne pis que damné au milieu des flammes de l'Enfer) ;

puis la *Lolita* de Nabokov

aussitôt suivie du *Journal d'une femme de chambre*...

Puis ce fut le tour de ces fulgurants *Alcools* d'Apollinaire eux-mêmes suivis de *Ne tirez pas sur l'oiseau moqueur* de Harper Lee finalement accompagné de *L'Attrape-cœur* de Salinger...

etc

etc

C'est fou ce que le feu nourri par de tels aliments peut briller !

Je ne sais pas ce que j'ai. Pourquoi cette soif de destruction ? Qui plus est, de destruction de livres que j'aime... J'ai l'impression d'être un de ces affreux poissons d'argent qui ruinent les bibliothèques en mangeant à petits coups de mandibules des millions de pages.

Et je brûle et je brûle à qui mieux mieux !

Et vas-y donc ! *Le Voyage* de Céline y est passé aussi. Tonnerre de bois ! J'étais mal. Oh ! mon Dieu ! Qu'ai-je donc ? Je bous littéralement à 451° Fahrenheit ! Quand je regarde un documentaire sur les tourments du 20ème siècle à la télé, la moindre image d'un drapeau à croix noire sur fond rouge m'émeut – et voilà que je me mets à chialer comme un bébé ! Oh ! foutue télé qui m'embrouille les méninges ! J'ai voulu la débrancher, cette saleté, en lui arrachant le câble de son antenne mais en vain : madame restait allumée... continuant de distiller des *news* effrayantes, des récits de catastrophes à venir, des prédictions d'extinction humaine, un jour, jusque dans nos campagnes.

J'ai craqué.

Et fini par balancer la TV dans le feu... la TV, cette enragée, qui a alors poussé un hurlement de colère avant d'exploser, non sans m'avoir, au passage, prédit un avenir des plus sombres.

Rage cathodique

Le propre des images télévisuelles réside dans cette fâcheuse tendance qu'elles ont de s'inviter jusque dans vos assiettes le soir au moment du dîner. Tenez ! chez Dudule, par exemple. Regardez-le concentré sur la guerre en Ukraine, lui qui déguste une cuisse de lapin à la moutarde alors que surgit en douce, sous sa fourchette, un morceau de missile sol-sol qui va bientôt lui rester en travers de la gorge tout le temps du repas pour ne plus en ressortir ! Il aura beau chercher à penser à autre chose une fois couché, rien à faire ! c'est l'odieux visage bouffi du général Toupine avec sa bombe H qui lui apparaîtra au lieu du décompte des moutons…

En outre, il en est certains pour qui la télé est carrément un vice. Une engeance maligne altérant leur faculté de penser – de penser *droit* surtout !

J'ai ainsi connu des fanas de l'audiovisuel, des zinzins du petit écran si intoxiqués par leur addiction au poste de TV qu'ils avaient bien du mal à s'en détacher... Tenez ! Dudule (encore lui), eh bien, figurez-vous qu'un matin où il rinçait sa vieille télé analogique à grande eau avec lui sous la douche et que la gredine, sans gêne, en profitait honteusement pour lui mater le kiki par en dessous, voilà-t'y pas qu'elle implose sans crier gare, la carne !

Adieu bout de kikette et autres frivolités ! Sans doute est-ce dû au choc subi que lui vint l'obsession post-traumatique d'absolument vouloir célébrer sa bar-mitsvah à quarante-cinq ans passés alors qu'il était athée comme pas un juste avant. Depuis sa toute récente circoncision – un bout d'écran coupant l'ayant débarrassé une bonne fois pour toutes de son fieffé prépuce –, le brave homme ne sait en effet plus où il habite.

Mais laissons là ces considérations oiseuses pour en revenir à l'objet du délit : la télé. Son influence. Ses méfaits...

Il y a peu, notre susdit regardait, en compagnie de Féroce, son carlin chinois atteint d'obésité morbide, une émission de télé-réalité intitulée « Les Grands Cons du PAF[1] », un programme à haute teneur culturelle spécialement conçu pour la plèbe et les plébéiens. Le chien et son maître, dans l'expectative, se demandaient si Cindy allait tromper T-Rex (un bomec bâti comme un char d'assaut moins la vigie) avec son tout nouveau vibromasseur bleu à papules en latex bio de marque *Push-Up and Cry* ou, au contraire, se rabattre sur Damien-Frédéric, l'autre beau gosse de service *du show*, lequel connaissait Stéphane Bern en personne.

Baignant dans leur pop-corn comme parmi leurs bouteilles de bière décapsulées, Dudule et son cher Féroce n'en pouvaient plus d'attendre la réponse... jusqu'à ce qu'une fichue panne d'émetteur les prive de la conclusion de ce déroutant marivaudage télévisuel. Cette saleté de

---
1 Paysage Audiovisuel Français.

Télévision Numérique Terrestre ne captant plus rien, seules perduraient au mitan de leur salon frustration et colère... Et même pas une mire (comme ça se faisait dans le bon vieux temps) pour patienter en attendant le retour des ondes... Hélas ! Féroce de hurler à la mort en regardant l'écran tout noir tandis que Dudule travaillait rageusement sa télécommande à la recherche du bouton MENU, sous-programme « Installation des canaux »...

Trois heures que le malaise a duré ! Trois longues et épouvantables heures qu'il fallut attendre pour enfin voir réapparaître toutes les chaînes... Trois heures à l'issue desquelles, une fois le programme revenu, grande fut malgré tout la frustration de Dudule et Féroce ! Grande en effet puisqu'ils ne purent jamais voir comment T-Rex avait entre-temps perdu le combat, Miss Cindy s'étant trissée depuis belle lurette dans ses appartements sous vidéo-surveillance pour un peu d'autoérotisme solitaire tandis que le pauvre gars frustré d'une bonne partie de jambes en l'air se répandait en invectives amères sur la *pourritude* du monde tout en jouant à la victime du destin au milieu du sofa déserté. (De Damien-Frédéric, autre candidat du programme, par ailleurs, plus de trace ! Sans doute était-il à la piscine en train de draguer Afida, seconde *taspé* du show, pour se consoler de n'avoir pas pu coucher *en direct* avec Cindy sous le regard affriolé de millions de téléspectateurs...)

Misèèèère ! *Misaère !* On venait de priver Dudule et son clebs d'un morceau de choix. La télévision, décidément, n'était plus ce qu'elle était. Foutue TNT !

Depuis (est-ce par rancœur contre la société « corrompue » ? Ou pour se venger de n'être que ce qu'il est au juste, c'est-à-dire rien d'autre que lui-même ?) – depuis donc, toujours est-il que Dudule vote Albéric Zennouf de la France aux Français de France et qu'il conspue le charlatanisme des présentateurs de télé à la moindre occasion (surtout celui des trop basanés à son goût).

– Moi, j'te le dis, Féroce, y sont tous ligués contre nous, ces PD. Moi, j'te le dis : je suis sûr que si ça a coupé l'autre soir, c'est à cause d'El Arabia qui nous veut du mal... Pfut ! une chaîne venue tout droit de chez les autres *de là-bas* !... Même pas brouillée de par chez nous, en plus... C'est-y pas une honte ? Ah, misère ! Vivement le retour du Maréchal !

Ainsi devisait Dudule en sa thébaïde avec son doggy dog à la mâchoire écrasée. Allez, va ! Le monde court à sa perte... Non mais, on la fait pas à des grands penseurs de leur espèce.

Retour de flamme

Il y a peu, je buvais du maté dans le crâne de ma défunte belle-mère lorsqu'on frappe à la porte : c'était le facteur avec une carte postale en provenance du Chili... une ultime carte d'Anne-Marie qu'elle avait envoyée juste avant son décès sur les routes défoncées d'une région très sauvage entre Antofagasta et Santiago :

– Mais comment est-ce possible ? Sept ans après !

L'exclamation horrifiée sortait de la bouche de ma fille Jézabel, ses yeux se portant du crâne de sa mamie décédée à cette carte d'outre-tombe...

– C'est juste qu'elle s'était perdue dans les méandres des postes chiliennes pour ne réapparaître que maintenant !

Et, en effet, la flamme apposée sur les timbres représentant les géants de pierre de l'île de Pâques remontait bien à l'époque où *mamita*, la mère de mon ex-femme, avait pris le large pour un vaste et long voyage en Amérique du Sud, poussée par ses vapeurs autant que par des envies nouvelles de retour à la jeunesse (hélas perdue depuis un bail, sa jeunesse !)...

Veuve, Anne-Marie s'était découvert, sur le tard, un besoin urgent de voyager qui ne la laissait plus en paix. Sans compter des remontées de sève inopinées qui la désignaient pour devenir bien vite, dans la foulée, une cougar redoutable en quête de mâle chair fraîche à se mettre sous la dent. Elle pouvait se le permettre avec la pension de réversion de Joseph, feu son mari, ancien conducteur de train décédé trois ans plus tôt, un matin d'octobre, d'une chute de bicyclette – une envie de folâtrer sur les routes départementales, le prurit du cycliste en mal de bitume, une plaque de verglas traîtresse dans un virage trop raide et hop ! l'affaire se trouva vite pliée et Jojo dans son joli costume de bois... Madame devint donc veuve en un tournemain, toute à sa dévastation. Et puis un jour, mamie décréta qu'elle avait besoin de voyager, de « voir autre chose avant de mourir elle-même » :

– Vous me comprenez, Jean-Philibert, je suis jeune encore (assertion un chouïa exagérée), je veux encore rencontrer plein de gens, vivre plein d'aventures exceptionnelles...

Ainsi nous vendit-elle son périple sud-américain un soir de téléphonite aiguë. Il faut dire qu'elle continuait de m'appeler avec régularité malgré mon divorce d'avec sa fille, laquelle avait toujours eu la fâcheuse tendance à « l'expédier » vite fait bien fait à peine avait-elle décroché le combiné... « Je ne supporte pas les jacassements de ma mère », se justifiait-elle à chaque fois ; le fruit de ses entrailles ne s'était en effet jamais très bien entendu avec sa très agaçante *manman*...

Eh oui ! Voilà ce qu'il en est des envies d'évasion tardives, du besoin de s'arracher hors du charnier natal : elles peuvent vous conduire au pire – ce qui fut le cas.

Mamita venait à peine d'entamer son périple qu'advint ce vilain accident d'autobus dans une zone montagneuse aux chemins truffés de nids-de-poule. Juanito, le chauffeur, surpris par un éboulis de caillasse en plein devant le nez de son antique véhicule, braqua trop fort et vlan ! Adieu la vie ! Bonjour ravin cruel ! La chute avait fait des passagers des poupées sanglantes qu'on ne pouvait décemment pas rendre telles quelles aux familles.

Ce qui fut le cas du pauvre corps d'Anne-Marie.

Ah, la complexité des démarches administratives entre pays civilisés et pays non européens ! Il fallut un temps infini pour que les chancelleries s'entendent sur les procédures à suivre – plusieurs années, en fait – avant la restitution du cadavre de la morte à la famille endeuillée... sans compter la vilaine surprise des conditions de retour ô combien tragiques des restes de mamita qui nous marquèrent tellement ! puisque, en effet, quel ne fut pas notre choc en découvrant que notre chère disparue avait fait son dernier voyage aérien dans un coffre pas plus gros qu'une boîte à outils en lieu et place d'un véritable cercueil en bonne et due forme ! Cela se passa sur le tarmac de l'aéroport du Bourget, un moche soir de pluie (des nuées d'étourneaux striaient le ciel pisseux d'un nuage noir d'ailes et de cris).

– Mais qu'est-ce que ça signifie ?

Le consul du Chili, tout confus, mal dans ses bottines en croco véritable, avait eu bien du mal à trouver ses mots :

– Ma, c'est youste qué lé laboratoire dé la médécine légale de nostra ciudad dé Santiago, *el* a confondou lé corpo de vuestra *abuela* con célui dé oune prisonnier décédè dans la prisonn', oune criminel qu'il avait fait don' de sa personn' à la science... D'où esta confoussionn' ! Y a plou qué les z'ossements qu'ils son't'été bouillis : lé cadavr', il a été couit...

Pour un abominable cafouillage, c'en était un effectivement. Mais que faire devant l'irréparable ? *Nothing*. Ne restait plus qu'à récupérer le colis. Et qu'à l'entreposer au garage en attendant le jour officiel des obsèques.

C'est lors de ce séjour forcé des reliques de notre chère défunte, sur une étagère bancale, entre meuleuse et perceuse électrique, que je m'appropriai son crâne (un triste après-midi d'hiver où j'étais tout seul à la maison) : je voulais en effet garder un souvenir *concret* de mamita et surtout – surtout pouvoir enfin la tenir entre quatre-z-yeux et la rabrouer quand ça me chanterait sans qu'elle pût, elle, la très vilaine décédée, être capable de rétorquer quoi que ce fût à mes griefs contre elle ! (Chose impossible avant.)

Eh oui ! La vie, la mort, les rêves... le besoin urgent de parcourir le vaste monde avant de clamser ; l'envie féroce de donner à tout prix un sens à sa vie (cette vie fût-elle en bout de course...), tels sont les éléments essentiels de cette affaire d'os et de voyage.

Est-ce à dire qu'Anne-Marie considérait son existence comme incomplète déjà du vivant de son mari ? Que l'insatisfaction existentielle nous guette tous au soir de la vie quoi qu'on fasse ? Que chercher à vivre quelque chose d'extraordinaire avant l'ultime trépas est devenu un *must* de nos tristes petites existences contemporaines ? Qui sait ? Qui saura jamais ce qui travaille intimement l'*homo occidentis* dans ses vieux jours ?

Il n'empêche que le maté dans le crâne de feu ma belle-doche était infiniment meilleur que dans une tasse en porcelaine et que la regarder me regardant de ses deux orbites vides en train de boire mon infusion à la paille me procurait un indicible sentiment de bien-être.

Dépouillée de sa langue de vipère comme de sa chair flasque, cette saleté de vieille peau ne pouvait désormais plus me sortir une de ses méchantes vacheries dont elle avait l'habitude :

– Eh oui, tête d'œuf ! Tu peux bien me regarder de tes orbites vides... Je t'emmerde à l'infini et bois à la santé des autocars chiliens !

Inutile d'ajouter que ce toast à la défunte me fait pouffer à chaque fois que je le porte !

La nouvelle cuisine

de la confiture de pogrom
des attentats à l'oriental
des ghettos de Varsovie

du confit de détresse à l'étouffée
du foie façon Amin Dada
quelques missiles à la sauce financière

du Kurde mitonné gaz moutarde
des Nègres en chemise accompagnés de leur
garniture de barbelés
du Chinois préparé comme à Tian'anmen

Vins

petit pinot des coteaux Pinochet
château Ceauşescu 1989

et autour d'une immense et belle table d'apparat
une poignée de nations très dignes qui,
un peu après de guerre à la noix,
toutes dents dehors,
s'apprêtent à découper la galette de la Victoire
comme le gratin des Honneurs honorables...

Un perroquet nommé Pythie

C'est l'histoire d'un perroquet qui, un jour, par inadvertance, a avalé la poudre d'un des petits sachets de son maître *dealer* de *coke*. (Le crétin qui ensachait sa drogue à la lumière d'une minuscule lampe de bureau s'étant absenté cinq minutes à peine pour répondre au téléphone, laissant tout en plan, l'oiseau curieux en avait profité pour goûter au tout premier *trip* de sa brève existence).

D'ordinaire, ce volatile de la famille des psittacidés – dont font aussi partie les perruches – se tenait coi sur son perchoir. Ou bien, s'il disait un mot, c'était toujours le fameux « coco » de tous ses congénères, crié à tue-tête. Ce qui donnait un « Cocoooo » de fond de gorge démesurément long, très fort et très barbare...

Quelque chose comme : CocooOO !

La scène se répéta assez souvent si bien que le volatile finit par devenir accro à la dope. Jusqu'à ce qu'un jour, Ben (appelons son propriétaire ainsi, cela importe peu, dans le fond) se rende compte que Coco – comme c'est original ! – savait prédire l'avenir depuis qu'il se *shootait*.

CocooOO !

Coco sniffait sa dose quotidienne via le bec et proférait des oracles.

Je note toutefois ici, avant de conter plus avant les exploits lamentables de Coco, que ce perroquet est de la même race que celui mis en scène dans la nouvelle de Flaubert, *Un cœur simple*, c'est-à-dire un genre de génie doué, en somme, de facultés hors du commun. Mais là où le célèbre Loulou de la brave Félicité était une sorte d'émanation du Saint-Esprit, le Coco de Ben, lui, n'était que le truchement de délires psychédéliques.

À peine sa première prise dans le gésier (et sûrement aussi pour ne pas se faire battre à cause de son larcin), Coco eut la bonne idée de crier à Ben (furax quand même, le Ben, quand il découvrit que Coco s'en était tout de même enfilé pour cent-cinquante sacs dans le bec !), de crier donc :

– Trooois cinq quaaatreu ! Trooois cinq quaaatreu !

Ben qui jouait aux courses de chevaux eut alors la fulgurante intuition (la seule, du reste, qu'il aura jamais eue dans sa vie !) d'aller tenter sa chance avec ce numéro au P.M.U. du coin.

3-5-4... Et il gagna.

Ce jour-là fut celui du sacre de Coco – Coco d'un coup promu Pythie. Devin empreint de mystère. Merveille de la nature. Coco, Pythie du passage Choiseul, illustre adresse célinienne des rues de Paris s'il en fut ! CocoOOO !

Ben pouvait avoir la prescience des imbéciles, c'est-à-dire cette malignité retorse qui leur tient lieu d'intelligence. En résumé, il eut une idée : après la découverte de l'incroyable don de son perroquet, il se mit en tête de vouloir en faire commerce. Moins d'un mois après le coup du tiercé gagnant, Ben s'établissait donc comme « astrologue-diseur de bonne aventure » à domicile. Il se mit à gagner un fric fou grâce à sa nouvelle activité. La publicité des hauts faits de Coco se répandit très vite si bien que les services secrets de différents pays finirent par avoir vent des capacités exceptionnelles du volatile. Les stratèges de la planète entière, délaissant leurs cabinets de conseil ordinaires, n'écoutèrent plus que Coco... Ben les fit alors casquer de la plus honteuse façon qui fût (mais qu'importe, après tout, puisque c'était de l'argent public !), vendant à prix d'or les oracles de son oiseau... Ces messieurs des ministères avaient en effet besoin de cette nouvelle et extraordinaire Pythie à plumes pour les guider dans leurs orientations en matière de politique étrangère. Qu'ils fussent employés du Ministère de la Défense, de l'OMS, de l'OTAN, des Missions apostoliques vaticanes ou même d'Al Qaïda – j'en passe et des meilleurs ! –, tous écoutaient religieusement les avis de Coco. C'est que Coco était devenu leur principal consultant. Mais, comme chacun sait, le perroquet n'est pas un animal très fiable – même gonflé à mort de *shit*, héro, *crack* ou autres L.S.D... Voici pourquoi :

– Coco, peux-tu nous dire l'avenir de la planète ?

– Tout r oO**OO**se !

– Mais encore ?

– Tout r oO**OO**se !

(Pardonnez à Coco ! S'il savait annoncer les présages, le pauvre n'en avait pas appris l'éloquence pour autant.)

– Coco, est-ce que la fin de la guerre froide va rendre le monde plus stable politiquement ?

– Bien sû**ûÛÛ**reeuu !

– Tu en es sûr, Coco ?

– Bien sû**ûÛÛ**reeuu !

– Dis, Coco ! la Russie va-t-elle enfin vivre en paix ? Et sa population ne plus souffrir comme sous Staline ? Et les États-Unis, dis ! les États-Unis, vont-ils abandonner leur politique interventionniste pour mieux s'occuper de leur propre peuple ? Ah, oui, encore cette question : tout le monde mangera-t-il à sa faim en 2030 ?

– Bien sû**ûÛÛ**reeuu ! ne cessait d'affirmer systématiquement Coco.

Les doutes quant à la fiabilité des prévisions du perroquet naquirent toutefois aussi vite que l'engouement martial de la soldatesque et des économistes de tout poil pour ses exploits du début. Et si doutes il y eut, ce fut du simple fait que Coco n'avait prédit ni l'échec des pourparlers israélo-palestiniens ni les massacres de Pol Pot. En outre, à la question : « L'Afrique offrira-t-elle bientôt paix et prospérité à l'ensemble de tous ses habitants ? », Coco avait répondu par un « bien sûr » si franc et massif qu'il avait fini par se décrédibiliser pour de bon ! Les géopolitologues crédules n'eurent alors plus qu'à aller se rhabiller, les chefs d'État des cinq continents à ne plus compter que sur leur seule intuition (qui est grande, comme chacun sait) et les islamistes à confectionner des bombes pour se consoler d'y voir encore moins clair dans l'avenir de leur cause que les démocraties...

Ainsi chut le discrédit sur Coco la Pythie.

Ce fait divers eut lieu dans les années 80. Coco défraya la littérature grise de bien des services secrets (CIA, KGB, DST, etc.) l'espace d'une saison entière – soit, entre deux salons de l'armement, en réalité – sans toutefois que le commun des mortels n'eût jamais eu vent de ce drôle d'oiseau car toute cette histoire demeurera bien sûr *Secret Défense* et les dossiers afférents classés confidentiels (pour au moins jusqu'en 2085, ordre du Ministère de l'Intérieur).

Est-il besoin de dire que Coco était un bien mauvais devin et que, s'il avait vécu du temps d'Euripide, on l'eût sans doute très vite plumé, cuit à la flamme de l'holocauste et dévoré à belles dents avant de jeter au feu sa carcasse rongée jusqu'à l'os pour le punir d'avoir été un oiseau de si piètre augure !

Mais au lieu de cela, le pauvre perroquet mourut tout bêtement, un soir de janvier, d'une méchante *overdose*.

Pauvre Coco ! CocooOO !

WTC, 9/11 – 8h45

Une femme qui habitait un modeste studio au n°6 de Varick Street à New York et qui prétendait dire la bonne aventure, avait établi sa minuscule officine dans sa chambre-salon où, à l'occasion, elle tirait également les cartes pour ses deux meilleures copines, Cassie et Lulah.

La veille du 11 septembre 2001, elle avait ainsi prédit à Lulah « un événement important » dans sa vie d'ici à Noël. Et à Cassie :

– Je vois du rouge… du rouge "passion"... La dame de cœur m'indique que quelque chose va bientôt bouleverser ton existence… Un truc de dingue… La couleur rouge y est associée.

Maquillée à outrance, short en jeans très serré lui rentrant dans les fesses, Cassie n'avait su que penser de cette prophétie – comme elle ne savait, du reste, que penser des choses qu'elle entendait autour d'elle et qu'elle ne comprenait pas toujours... Pour la toute jeune étudiante en droit, l'Afghanistan était une région de l'Afrique du Sud et John Fitzgerald Kennedy avait été lâchement assassiné par une secte martienne. Dans sa petite enfance, il faut dire que Cassie avait beaucoup – et certainement bien trop ! – regardé *Les Envahisseurs* dont l'acteur principal, le très très séduisant Roy Thinnes, demeurerait toujours, à ses yeux, le summum de la beauté virile à regard d'azur…

Quant à sa clientèle payante, cette extra-lucide lui avait prédit le lot ordinaire de ruptures amoureuses, de rabibochages dans la foulée, de diplômes pour le fils aîné « l'année prochaine s'il venait encore à échouer à ses futurs examens trimestriels », de divorces si la partie adverse se doutait de quelque chose... et *tutti quanti* !

Cette voyante n'avait nonobstant, concernant sa propre vie, rien prévu d'exceptionnel en termes de fait marquant, pour le lendemain, sauf qu'elle sortirait avec son nouvel ami, un grand cow-boy large d'épaules de presque un mètre quatre-vingt dix, doté d'un regard un peu vide, prénommé Tony, par qui elle avait réussi à se faire inviter à un brunch tout en haut de la tour nord du célèbre World Trade Center, au restaurant *Windows on The World* :

– Oh, mon Tony chéri, comme ce sera romantique ! (La gentille amoureuse aimait en effet se créer des souvenirs « romantiques »...) Ce panorama splendide au-dessous nos pieds, tout en mangeant une vraie *soupe française*, si tôt le matin, ce sera du dernier chic, tu ne trouves pas ?...

Tandis que, la veille de l'événement, elle roucoulait ainsi, Tony avait dû, de son côté, produire un effort de concentration démesuré pour enfin arriver à percer le mystère de ces mots étranges : « une vraie soupe française ».

Et si elle avait parlé de ce rendez-vous galant à Lulah et Cassie, ç'avait été certes par coquetterie mais aussi – et surtout ! – « pour qu'elles en bavent bien d'envie, ces deux sales petites connes ! »

Tout juste si elle ne s'était pas fichu de la poire de Lulah quand celle-ci lui avait demandé, sur un ton pernicieux :

– Et tu es certaine que c'est bien l'endroit idéal pour une première invitation ?

– Et pour quelle raison que ce ne serait pas l'endroit idéal ?

– Oh, je ne sais pas, de rétorquer aussitôt Lulah. Une idée comme ça... Peut-être que ton mec n'aime pas ce genre de *petit déjeuner* (en français dans le texte, s'il vous plaît !) ou alors qu'il a peut-être peur de l'altitude, *Vertigo* quoi !

Lulah voulait faire valoir qu'elle aussi, après tout, avait de la culture – au moins tout autant que cette bêcheuse en face d'elle.

Haussement d'épaules de l'amoureuse en guise de réponse :

– Pfut ! Tu t'y connais, toi, en cuisine française ? (Puis, après un mauvais sourire plein de morgue.) Je te dis, moi, qu'il ne se passera rien de négatif demain. Rien de rien.

Ah, sublime prescience des pythonisses !

Mais le lendemain, mardi 11 septembre 2001, aux alentours de 9 heures du matin, alors que la pulpeuse devineresse new-yorkaise et son beau mâle sudiste s'apprêtaient à siroter, avec bonheur, leur joli cocktail *Blue moon*, l'impact du premier crash produisait son cortège atroce de ravage et de feu plusieurs dizaines d'étages sous leurs pieds.

Est-il besoin d'ajouter que, du corps de cette extralucide *yankee* comme de celui de son Tony (originaire de Fort Worth, Texas), on ne retrouva rien du tout, mais rien de rien alors ! pas même une miette de leurs deux robustes individualités parmi les quelque 600 000 tonnes de décombres... même pas le *Stetson* pourtant indéboulonnable de la tête du monsieur, encore moins son passeport, contrairement à celui – ô miracle ! – de Mohammed Atta (cette saleté de terroriste qui pilotait l'avion meurtrier) que les services secrets finirent par déterrer des gravats des mois après l'attentat.

Un détail qui a toutefois son importance et que je n'ai pas évoqué jusqu'à présent : cette voyante qui commençait à se faire connaître dans tout TriBeCa et au-delà même, se prénommait Marcia – même si ses bonnes copines, Lulah et Cassie, ne l'avaient jamais appelée autrement que « Cia ». *Cia* par-ci, *Cia* par-là... De la même façon, Marcia avait toujours appelé Lulah, Lolly, parce que grande suceuse de sucettes depuis son enfance, des tonnes et des tonnes de *lollypops* lui étaient passées par la bouche (et pas que des sucettes, d'ailleurs...) Quant à la douce Cassie, ses copines l'avaient toujours appelée Cassie, faute de mieux, car, pour Cassie, « on sait jamais quoi lui trouver », affirmaient-elles.

J'en arrive à la fin de ma triste histoire. Lulah et Cassie se sont concertées au lendemain du drame des tours jumelles où Cia avait péri, pour prendre une décision :

— Il ne faut surtout pas que quiconque puisse apprendre la fausse prédiction de Cia... quand elle prophétisait que, le jour du 11 septembre, rien d'anormal ne devait avoir lieu... absolument *rien de rien*... Tu te rends compte un peu, si quelqu'un le découvrait ? Tout le monde crierait à l'imposture.

— C'est ça. Il ne faut surtout pas le répéter.

— Par respect pour sa mémoire, en somme.

— Tout à fait !

— Alors, si on nous interroge, on jure de ne jamais révéler qu'elle s'est plantée ?

— Exactement, on se le jure.

Et, bien déterminées à empêcher de voir naître un potentiel procès en charlatanisme qui salirait *post mortem* l'image de feu leur copine, Cassie et Lulah jurèrent. Et se turent à jamais.

Crois de bois
Croix de fer
Si je meurs
Je vais en Enfer...

Ainsi essayèrent-elles de tordre le cou à la vérité *vraie*... en pure perte, il faut bien le dire, puisque, moins d'un mois après la mort tragique de Cia, la rumeur persistante selon laquelle sa capacité à lire l'avenir était « bidon » avait déjà largement commencé à circuler... Beaucoup de ses ex-clients s'étaient en effet mis à prétendre que Cia n'avait rien vu venir... Qu'elle en avait été incapable. Qu'elle n'avait en réalité jamais été qu'une pauvre nullité en matière d'oracles...

Pourtant, nous ! nous ne le dirons jamais assez : *fake ! fake ! fake !* Tous ces bruits ne sont que pure malveillance à l'encontre de Cia. Malveillance, dénigrement, diffamation...

Cia savait prédire l'avenir ; personne ne devrait en douter sauf que, si elle avait révélé au public la chute à venir des deux tours, la pauvre, nul n'aurait été en mesure d'entendre ce qu'elle avait à hurler à la face du monde sur le sujet... On l'aurait simplement traitée de folle. Tel est le fin mot de l'histoire...

Telle était en tout cas la vérité selon Cassie et Lulah, la vérité qu'elles s'échinaient en vain à défendre...

La dernière heure de monsieur **Prune**

> Remember ! Souviens-toi, prodigue ! Esto memor !
> Baudelaire, ***L'Horloge***

Monsieur Prune que ses plus proches voisins surnommaient « La Couette » (car il était horriblement frileux) était un célibataire endurci, doublé d'un maniaque invétéré. Une de ses petites manies consistait à appeler, de temps en temps, l'Horloge parlante afin d'être certain de l'heure du moment.

Ainsi, un beau matin, ce brave homme qui n'avait vécu que très chichement tout le long de sa vie, fut-il bien surpris lorsque l'Horloge parlante, au lieu de lui donner l'heure, lui annonça :

– Prune ! Vite, Prune ! tu n'as plus que soixante minutes à vivre.

Surprise ! Choc ! Qui se permettait donc de telles farces ? Un vieil ami à lui ? mais non, c'était impossible, impossible : c'est à l'Horloge parlante qu'il avait bien téléphoné, à elle seule... pas à Pierre ou à Paul... Alors ? Alors, comment était-ce dieu possible ? Histoire de chasser le doute, le pauvre type rappela encore une fois, ne comprenant rien à rien, concentrant toute son attention sur le numéro qu'il composait avec fébrilité afin de ne pas commettre d'erreur...

— Prune ! Tu n'as plus que cinquante-neuf minutes à vivre.

Cette fois-ci, c'était sûr : il ne s'était pas trompé. Alors, comme ça, il devenait barjot ? Complètement zinzin ?...

Transi de froid et de peur, monsieur Prune se mit à trembler de tous ses membres. *Ce n'est pas possible... Ce n'est pas vrai...* On se jouait de lui, on le mystifiait... Mais il avait à peine eu le temps de vivre ; il allait sur ses soixante-sept ans et n'avait rien goûté des bonnes choses de la vie, rien éprouvé de merveilleux, rien connu de délicieux et il allait pourtant mourir !

Subitement, c'était comme si, *in extremis*, Prune découvrait, affolé et pantois, le gouffre de vide qu'avait été son existence jusque-là.

Vite ! Vite ! Qu'allait-il donc faire pour remplir cette toute dernière heure de sa vie – son ultime heure ! – avec quelque geste *signifiant* ? un de ces gestes qui donne son sens plein et entier à une existence et qui, au moment de mourir, fait penser : « Au moins, j'aurai profité de mon passage sur la terre ». Il retéléphona cependant encore une fois, juste pour être bien sûr qu'il ne se trompait pas.

— Prune! tu n'as plus que cinquante-sept minutes à vivre.

Prune, à demi-mort déjà – mais d'angoisse seulement ! – se précipita hors de chez lui.

C'est bien beau tout ça mais on ne débusque pas le sens de sa vie simplement en claquant dans ses doigts ! Et Prune, une fois sur le pavé, se trouva fort dépourvu face à la rue. Pas un seul petit brin d'idée, d'envie – pas la moindre visée. Sans trop savoir pour quelle raison, il se décida néanmoins à aller chez le grand René, son plus vieil ami, quand il aperçut en face de chez lui Flora « la Pompeuse » – prostituée très connue du quartier – qui lui montra un petit bout de ses fesses, comme ça, juste pour le taquiner comme elle le faisait à chaque fois qu'elle le rencontrait.

– Alors, La Couette ! tu veux pas venir même cinq minutes seulement dans mon *home ?* Tu me brancheras ma couverture chauffante. T'es tout pâle, tu sais, mon bichon ! T'aurais-t-y pas attrapé un vilain rhume, par hasard ? Viens ! Viens chez moi ! C'est la gentille Flora qui va te le secouer, ton gros duvet ! lui lança-t-elle, morte de rire, tout en glapissant ces mots de l'autre côté du trottoir.

Mais monsieur Prune qui avait toujours fui comme la peste les sarcasmes de la mégère, une fois de plus, fila tout doux tandis que Flora la Pompeuse riait d'un gros et gras rire largement déployé devant la déroute du pauvre petit bonhomme.

Après tout, je pourrais aller voir un film pornographique au lieu de toquer chez ce grand con de René qu'est tellement moqueur ! N'y va pas ! Oui, un porno, pourquoi pas ? Voilà ce qu'il me faut, pensa *in petto* monsieur Prune. En effet, qu'est-ce qu'il en avait à faire désormais ? Avec si peu de temps pour jouer à *Carpe diem*...

Et puis s'envoyer en l'air avec la Flora, c'était un coup à se choper une belle saloperie tandis qu'à regarder des images, il ne risquait absolument rien... (Pauvre Prune ! Dans l'adversité, le voici qui devenait carrément incohérent : on ne meurt pas de la chaude-pisse cinquante minutes chrono seulement après l'avoir contractée !)

Prune qui avait toujours été effrayé par sa propre sexualité brûlait pourtant, depuis des années, d'aller voir ce genre de spectacle sur grand écran ! depuis des années sans toutefois jamais avoir réussi à franchir le pas. À chaque tentative, tout déconfit, tel un chien battu, il passait au contraire devant le cinéma, yeux rivés au sol, sans oser y mettre ne fût-ce que le bout d'un orteil ! Et continuait sa route.

Mais ce fameux jour-là – non sans cacher son visage à demi derrière son chapeau car la honte le rongeait –, monsieur Prune paya son billet avant de pénétrer dans la salle pour s'y installer. Le début de séance précédant le film lui-même n'avait, quant à lui, rien d'obscène puisqu'il s'agissait d'actualités. Monsieur Prune qui aurait pourtant bien aimé qu'on en arrive tout de suite au fait (les sexes, les gros seins, les érections, etc...) fut toutefois bien obligé de patienter. Après les commentaires sur la presque calvitie du président Giscard d'Estaing, sur les récents troubles ethniques en Afrique de l'Ouest et sur le prochain festival d'Avignon, monsieur Prune crut qu'il allait s'étouffer : le sujet final était en effet consacré à la future modernisation de l'Horloge parlante, reportage abondamment illustré – idée plutôt cocasse – par plusieurs photos de la pendule de la gare de Lyon à Paris ! Et, tandis qu'un zoom avant montrait l'aiguille de ladite horloge en train de passer de midi trois à midi quatre, la voix solennelle de l'Horloge parlante, comme surgissant de nulle part, vint alors proférer ces terribles paroles a priori tout spécialement destinées à un Prune épouvanté :

– Prune ! Plus que trente-deux minutes à vivre.

Horreur ! Qu'est-ce que c'était donc que cette malédiction ? Prune par-ci ! Prune par-là ! Le monde voulait-il donc le rendre dingue ? Monsieur Prune soudain pris d'une peur panique s'enfuit à toutes jambes hors de la salle, oubliant bien vite les sexes, les seins et les érections !...

Sur le trottoir, Prune se trouva tout piteux. Penaud, Prune prit le large

Que faire maintenant ? Que faire ? Plus que trente minutes à vivre...

L'air, très très doux, était embaumé par les tilleuls – partout leur parfum de miel... Le brave Prune sentait son cœur tout chaviré au fond de sa poitrine sous l'effet lénifiant de cette suave fragrance qui, bientôt, n'existerait plus pour lui, mort en sursis... Désorienté, il se mit à marcher au hasard, sans savoir à quel saint se vouer.

C'est alors que l'image de son vieil ami, le grand René, lui revint à l'esprit comme un boomerang. Vite ! Vite ! Il n'avait plus de temps à perdre et même si le grand René n'habitait qu'à deux kilomètres de là et qu'il ne l'avait pas revu depuis au moins cinq ans déjà, tant pis ! il allait quand même lui rendre visite. Tant pis aussi pour les piques de mauvais goût de son taquin de camarade à son endroit !

Pour activer les choses, Prune sauta dans le premier taxi venu avec l'espoir qu'il arriverait le plus rapidement possible devant chez son vieux pote.

Le grand René aimait occuper sa retraite à réparer les horloges du voisinage. Prune trouva la porte de son atelier grande ouverte ; il entra alors comme on entre chez soi. Toutes sortes de pendules plus ou moins déglinguées ou en cours de démontage gisaient sur un établi au milieu du vaste local. Un petit bruit mécanique et régulier provenait du coin où montres et réveils tout juste réparés restaient en dépôt jusqu'à leur restitution à leurs légitimes propriétaires... Prune, habitué de la maison, chercha le grand René dans tous les recoins – en vain. Du copain, nulle trace.

Il allait s'en retourner quand, de la petite pièce du fond (en principe toujours fermée à clé), une voix l'apostropha :

– Alors mon joli, on a l'oignon défaillant ? des *titis* ratés à sa tocante ! Donne-la donc plutôt à *miss* Flora qui va te la réparer !

Quoi ! La Pompeuse ici ?

En effet, c'était bien elle, opulente et grasse dans son corset de velours cramoisi, poitrine débordante, étalée sur un vieux canapé abîmé que le grand René utilisait parfois pour sa sieste.

Couchée là sans qu'il pût s'expliquer par quel mystère... *Après tout, qu'est-ce que ça peut bien faire désormais !* pensa en lui-même ce brave monsieur Prune qui, soudain excité pis qu'un bouc, s'approcha de la sirupeuse créature.

Pauvre Prune ! Jamais de sa vie il n'avait vu ça : les mains potelées de la belle se mirent à le déshabiller, à le retourner, à le triturer, à le bousculer avec une telle dextérité, un tel savoir-faire, qu'il eut l'impression d'être un genre de gros bébé qu'on démaillotait !

Vite ! Vite ! Vite ! Il fallait se dépêcher : un magnifique cartel nouvellement réparé se mit à sonner le quart d'un timbre vif et agressif. Il ne restait plus que vingt petites minutes à monsieur Prune pour faire son affaire, vingt minuscules minutes avant qu'il n'entrât en éternité.

– Alors, mon vieux croûton, mon pruneau cuit, ma couette gentille... T'as envie d'un gros câlin ?

Étendue à la façon de madame Récamier (mais en bien moins compassée), Flora attendait l'assaut du désespéré.

Une fois son ultime chaussette retirée, sans remords, sans avenir mais sans habits non plus, monsieur Prune chevaucha alors la belle mieux que goret en rut.

– Ah ! le goulu ! le vilain porcinet ! le p'tit sagouin ! le sacripant ! la couille molle !... se mit à glousser la fille de joie surprise par la fureur insoupçonnée de son peureux amant.

Mais l'heure tournait et tournait et tournait et les minutes passaient, passaient et passaient... Inéluctablement... Inlassablement... Irré-mé-dia-ble-ment... Et Prune transpirait.

Et Prune allait enfin fondre d'extase quand soudain, sans qu'il sût pourquoi, une mignonne petite montre que Flora portait au bout d'une chaîne d'or à son cou, entre ses seins tout ronds, s'ouvrit brusquement et cria de sa petite voix de métal, aigrelette :

– Prune ! T'as plus que trente secondes à vivre. Prune ! T'as plus que trente secondes à vivre. Prune ...

Horreur ! Prune crut qu'il allait exploser de terreur. Pris d'une peur folle, faute d'atteindre l'acmé du plaisir, voilà-t'y pas que l'andouille s'enfuit à toutes jambes hors du lieu de délice, éperdu, au diable vauvert, sans même avoir eu la décence de se rhabiller... Et il courrait sans doute toujours aujourd'hui si une violente sonnerie d'horloge ne l'avait pas brutalement réveillé de ce mauvais rêve qu'il était en train de faire.

Hébété et mouillé de sueur, Prune ouvrit les yeux. Il était sept heures du matin, le soleil brillait ; il reposait dans son lit.

Il n'était pas mort.

Alors très doucement, très très lentement, encore engourdi de sommeil, monsieur Prune se rapprocha du téléphone sur la table de nuit et très très mollement, sans but précis, sans souci particulier (mais sans plaisir non plus), décrocha le combiné, attendit une seconde et fut bien surpris lorsque l'Horloge parlante, au lieu de lui indiquer l'heure, lui annonça ---

À Guy de Maupassant

Scénario

     une chambre vert pomme - une banlieue acide - un homme amer - une femme malade - un couteau de boucher - un cri - un meurtre - une ampoule sordide - du papier à fleurs - des chiures de mouches - une plaie au cœur - un assassin qui bégaye

     hagard - vidé

     aux doigts un pinceau
     Kirschner vient à passer par là

     et voilà le tableau !

Lavomatique

Un jour, j'ai rencontré la vérité alternative dans un *Lavomatique*. Tandis que tournaient les machines remplies de linge sale dans un gros mais doux ronronnement de tambours lancés à 600 tours par minute, le poste de télévision (une gentille attention pour le bien-être des clients) montrait un gros politicien américain éructant quelques saines vérités à la planète entière à propos de la géopolitique contemporaine :

Non et non personne n'avait voulu prendre d'assaut le fameux Capitole ; c'était juste une foule enthousiaste de *happy few* venus là spontanément manifester son soutien à la démocratie à grand renfort de banderoles et de slogans...

Non, l'envoi récent d'un corps expéditionnaire au Bordistan Oriental n'était aucunement motivé par l'espoir de capter les richesses pétrolières de ce petit pays – il s'agissait juste de l'aider à empêcher un coup d'État qui aurait mis à sa tête un président fantoche élu, parmi un panel de cinq candidats, à 57,68 % des voix...

Non, non, non, non et non... Quand Dalton Trompette affirme les choses sur *CNN Breaking News*, celles-ci sont forcément vraies. Ce sont tous les autres qui sont des menteurs. Na !

Cette histoire de coucherie avec une call-girl, par exemple : que du pipeau !

Trompette aimait bien la turlute. Mais la turlute cachée, bien sûr, la bonne vieille turlute des familles que la bien-pensance admet à condition qu'elle se fasse en douce, sans attirer l'œil malveillant d'une quelconque presse à scandale toujours prête à tout pour sortir un *scoop*...

Il venait à peine de rencontrer Mlle Cindy Lollypop (une ancienne star du porno sur le Net) lorsqu'il lui proposa une petite entrevue de cinq minutes derrière son bureau ovale... proposition que Cindy – pas folle, la guêpe ! – s'empressa d'accepter sur-le-champ. Il faut dire que Dalton Trompette était chaud du bassin et que se taper une poulasse de cette espèce – maquillée comme un 38 tonnes – l'excitait tant qu'il ne pouvait retenir ses vilaines hormones de parler pour lui. Ils y allèrent donc. Et eurent leur entretien.

Entretien suivi de bien d'autres, en général au domicile même de Dalton mais également, à l'occasion (ce qui l'émoustillait beaucoup du fait de la tournure clandestine de la chose !), dans quelque motel miteux et reculé de la banlieue de Washington. La liaison aurait dû rester secrète – raison d'État oblige ! – sauf que... sauf qu'un beau jour, les ébats du couple avaient été filmés.

Celui par qui le scandale arriva s'appelait Odel « Rogue » Johnsson, pompiste de son état. Pompiste, certes, mais aussi *hacker* à ses heures. Au moment des faits en question, il y avait bien six mois déjà qu'Odel jouait au voyeur depuis son lieu de travail même – la toute petite station-service *Pep's Oil Cie* au coin de son avenue – et ce, depuis son local, entre deux bidons d'huile de moteur ! sans que quiconque ne se doute de rien... Pour lui, pirater les caméras de rue (dont il apercevait certaines depuis son bureau) avait été un jeu d'enfant, ces dernières étant installées à hauteur des étages supérieurs du motel. Afin de mater – à leur insu –, les coucheries de bien des clients de passage, il lui suffisait d'orienter à distance leur objectif sur telle ou telle fenêtre et hop ! l'affaire était à chaque fois dans le sac ! Restait alors à déguster le tout devant son écran d'ordinateur en s'enfilant un double hamburger-frites de chez *KFC*... Ce gros cochon d'Odel se rinçait l'œil de la sorte depuis un sacré bout de temps déjà lorsque lui apparut, un beau soir de mai, le cul plutôt moche de Dalton T. (qu'il avait reconnu à sa mèche de cheveux jaune pisse) à cheval sur une dame... Rien que ça !

Or, fichtre ! quel foutu bond fit Odel sur son fauteuil à roulettes (lequel supportait ses 142 kilos de graisse bien tassés) lorsqu'il comprit le bénéfice qu'il pourrait tirer de ce scoop, fût-ce au détriment de son président bien-aimé, son héros, Dalton Trompette...

Le filou sans scrupules s'empressa plutôt de monnayer les images volées pour la coquette somme de 6 000 $ au journal local. Patatras ! Le soir même, le gros cul de Dalton T. faisait la une de tous les fichus médias du pays. N'importe quel pékin de Grants Pass (Oregon) comme de Marion (Indiana) put ainsi se régaler (zooms à l'appui) des ébats – floutés, les ébats, certes !

mais quand même ! – du plus haut des dignitaires de la nation en train de se taper une poule avec l'argent du contribuable !

Eh ben, même pas vrai !
Qu'ils sont donc méchants les méchants méchants qui l'attaquaient de la sorte !
Le fessier du *Super 69 Motel* n'était *en réalité* pas du tout celui du présumé coupable (d'adultère, en l'occurrence – quelle horreur au pays des *States* !) mais celui d'un sosie. Eh oui ! Un véritable sosie de Dalton T., nommé DuBose MacSturbee, qui ne cessait, depuis des mois, d'usurper l'identité du très gentil et très innocent président Dalton Trompette pour commettre toutes sortes d'actes délictueux. Le FBI travaillait d'arrache-pied pour localiser ce salopard ; ce n'était plus qu'une affaire de temps...

Innocent ! I am innocent. How dare you ? Innocent, je suis innocent... Comment osez-vous ? Ah ! merdes de journalistes qui cherchent toujours des crosses aux gens les plus honnêtes !

Il y eut quand même procès (une manœuvre du camp adverse à la Chambre, forcément !), procès dont Dalton T. sortit cependant sans y avoir laissé trop de plumes ; il n'aurait juste que 120 000 dollars de dédommagement à verser à Cindy la pute pour cause de « dégradation de son image publique » et ce, bien que le cul blanc filmé cavalcadant sur madame – promis ! juré ! – n'eût jamais été le sien ! Jamais.

Ce matin-là, *CNN Breaking News* relatait avec force détails les dessous de ce sale scandale politico-pornographique tout en se félicitant de constater que l'honneur était sauf, la vérité rétablie – mais la vérité *alternative*, cela va de soi.

Le *Lavomatique* berçait les clients présents de ses doux ronflements de roue à aube battant la flotte. Une petite fille mangeait son hot-dog en mettant plein de ketchup sur son tee-shirt *Dora l'Exploratrice*... Tout allait bien dans le meilleur des mondes. C'était à Iowa City. Un samedi matin de printemps. Il faisait 45° C à l'ombre dehors ; les pelouses grises crevaient de sécheresse depuis des mois et des mois mais, non, non et non, *for God's sake*, non ! rien à voir avec ce prétendu dérèglement climatique de mes deux : tout cela n'étant encore qu'un truc de plus inventé par ces empaffés de Chinetoques pour déstabiliser le beau pays de Dalton...

Dixit Trompette.

La vérité aujourd'hui

au verbe supplicié
enté de mauvais mots
le mensonge immiscé
partout cloue ses marmots

Cf. les nouvelles du monde

Arrêt Pétasse

Dans la bonne ville de Beaune, quand on arrive de Bouze, le dernier abribus sur lequel on tombe, juste avant le boulevard circulaire, c'est l'arrêt Pétasse.

Naître – ou encore « venir au monde », si on préfère les périphrases poétiques –, c'est un peu comme butter sur l'arrêt Pétasse : c'est quitter le paisible liquide amniotique pour venir se casser le nez sur une grosse somme d'emmerdes à venir ! Autrement dit, de l'abribus bien protégé de la pluie aux milliers de tours de boulevard à se coltiner chaque jour dans un véhicule qui, trop souvent hélas, donne la nausée (soit, vos x années d'existence sur terre, telle une âme en peine)…

L'arrêt Pétasse me déprime.
Le manège de la Place Carnot me déprime.
Je me déprime moi-même…

J'ai connu un grand déprimé dont la grande obsession était de devoir mourir un jour. Au point de ne plus être vraiment capable de vivre *normalement*. Igor Klafoutine était né Breton. Il vivait modestement de son métier de correcteur pour une petite maison d'édition parisienne, Les Éditions du Porc-qui-Pique. Ou plutôt, devrais-je dire, il « a longtemps vécu » de son modeste métier car, dès les lendemains de la crise de cette saleté de COVID 19, ce travail qu'il supportait jusqu'alors lui devint insupportable.

Il n'aurait pas dû se sentir si déprimé lui qui, bien avant quiconque, pratiquait déjà le télétravail depuis des lustres... assis six heures par jour devant son ordinateur, à traquer le moindre barbarisme, la moindre anacoluthe, le plus petit solécisme dans les textes reçus via Internet – textes à débarrasser de la crasse de ces vilaines fautes langagières... Mais non ! la grande pandémie était passée par là ! Et ça l'avait salement secoué.

Là où – avant Mister Coronavirus – il lui semblait absolument normal de vivre vissé à son siège des heures durant à corriger mille et une inepties grammaticales, voilà qu'une fois la maladie balayée, sa vie lui était apparue dans sa plus pure vacuité. Renforçant en outre sa peur déjà bien ancrée de la mort.

– *Pour quoi donc est-ce que je vis ?* Pour traquer la faute d'orthographe moyennant soixante euros la journée ? Pour corriger le futur Goncourt ? Eh ben, fichtre alors ! Quelle belle connerie ! Je m'encroûte, voilà la vérité... Je tourne en rond. Je ne vis pas vraiment. Bientôt je serai vieux et décrépi... à deux pas de la tombe. J'y suis presque ; je n'ai pas vécu.

Tel fut l'amer constat. Face à ce gouffre subitement devant ses yeux, le pauvre gars eut le sentiment affreux de vivre une terrible descente d'organes ! Igor Klafoutine nous faisait sa crise de la cinquantaine (même s'il avait déjà eu à souffrir de ce genre de *coup de mou* dans le carburateur plus souvent qu'à son tour bien des fois dans le passé. Âgé de vingt-cinq ans à peine, Klafoutine se demandait en effet déjà, certains soirs de noir cafard, ce « qu'il pouvait donc bien foutre là ! »)

Je vais claquer sur mon clavier. Sans avoir rien vécu. Merde alors ! Fais quelque chose !

La COVID lui avait été comme une piqûre de rappel, une injonction à se sortir les doigts : *Vis donc pendant qu'il en est encore temps ! Vis donc !* se mit subitement à lui crier son subconscient.

C'est ce jour-là que Klafoutine envoya tout balader.

Il bourra sa valise en croco de chemises hawaïennes, de pataugas et autres sandalettes ; il débrancha sa box ; résilia son contrat *Orange* ; se prit un billet d'avion pour Pétaouchnok – et fila tout droit à l'arrêt Pétasse y attendre le bus qui le conduirait à la gare.

L'air était doux ; des oiseaux faisaient un raffut de dingue dans les forsythias de la placette triangulaire faisant office d'entrée / de sortie du boulevard…

– Oh ! Une campanule ! Mais qu'est-ce qu'elle fout là ? se demanda-t-il en découvrant la belle fleur coincée dans le filet de terre entre le macadam et le trottoir devant lui… (Il faut dire qu'Igor Klafoutine adorait les plantes. C'était là son seul et unique dada – ça, et la masturbation.)

Aussi, quand il se pencha bien bas pour aller admirer la fleur innocente, n'eut-il pas le temps de se rendre compte qu'un lourd camion frigorifique lui arrachait la tête au passage, sa triste tête qui hélas dépassait trop au-dessus de la route. Igor Klafoutine n'avait eu le temps que de se rêver une existence nouvelle alors que son destin final était en réalité de devoir mourir bêtement à l'arrêt Pétasse.

Sur une musique de Ligeti

Dans son dernier film, *Eyes Wide Shut*, Stanley Kubrick a utilisé une musique de Ligeti pour illustrer certains moments de l'action tout baignés d'étrangeté (voire d'un sentiment diffus de peur). Le martèlement de notes répétées sur le clavier du piano produit alors, dans la gamme des graves, un genre de pulsion douloureuse, obsédante, allant crescendo comme un mal de tête, et le plus fort impact sur vos nerfs de cette musique glaçante – n'ayons pas peur des mots – se produit lorsque Tom Cruise, qui s'est incrusté *incognito* dans une fête à laquelle il n'a pas été invité, se fait démasquer…

La scène en question se passe dans une vaste et riche demeure où a lieu une partouze géante réservée à un panel choisi d'invités triés sur le volet. L'organisateur en est un ponte du comté ; concernant l'orgie en question, les seuls initiés à ces « mystères », s'ils ont eu le droit de pénétrer dans la maison, c'est grâce à un mot de passe – précieux sésame qu'en l'occurrence Tom Cruise ne possède donc pas ; ce qui le conduit à se faire piéger comme un rat… Ajoutons que tous les convives portent des masques de carnaval vénitiens et qu'eux, c'est bien cachés derrière ces remparts de papier mâché qu'ils assisteront à l'humiliation publique du vilain clandestin qui, pris en faute, se voit bien obligé, quant à lui, de découvrir son visage devant tous tandis qu'on se demande en tremblant ce qu'*ils* vont bien pouvoir faire de lui après ça... L'effroi provoqué par cette scène en particulier est plutôt atroce ; sous le regard lourd de ces masques hostiles, le pauvre type se retrouve de fait *forcé* de se dévoiler devant un auditoire d'autant plus terrifiant qu'il est d'un calme olympien. Le troupeau des participants muets se repaît alors, sans broncher, de la quasi *mise à nu* du trop naïf intrus... Impression terrible d'assister à un véritable viol collectif sur cet homme d'un coup écrasé par la masse anonyme. Impression également que cet agglomérat de personnes déshumanisées, faisant cercle autour de lui, n'attend en réalité qu'une chose : qu'on le condamne sans merci – qu'on le punisse avec cruauté...

Tom Cruise est, en fin de compte, simplement expulsé *manu militari* de la vaste demeure avec injonction de ne jamais parler à quiconque de ce dont il a été témoin, de ne jamais tenter de revenir rôder autour de la maison où cela s'est passé – faute de quoi sa femme comme sa fille pourraient en subir les conséquences...

L'expérience qui ne devait être, à ses yeux, qu'un jeu amusant, une aimable plaisanterie, tourne à la farce tragique. Le héros en ressort en effet profondément affecté, d'abord parce qu'il pense avoir assisté à ce qui va ultérieurement causer la mort d'une jeune femme ; ensuite (et surtout) à cause de la menace latente désormais planant sur les siens du seul fait de sa bêtise...

Pour le spectateur, le moment le plus pénible du film reste, sans conteste, la scène de l'humiliation publique. La musique lancinante du compositeur hongrois ne faisant qu'amplifier, tout le long de l'action, un sentiment lourd de danger aussi diffus qu'intolérable.

Dans une ancienne émission de télévision (je ne sais plus laquelle – *Metropolis*, peut-être), interrogé sur l'étrangeté parfois effrayante de certaines de ses musiques, Ligeti avait alors répondu quelque chose comme (là de même, j'ai oublié les termes exacts qu'il a utilisés mais pas l'intention) :

« Ce sont des compositions qui traduisent l'étouffement provoqué par le joug stalinien et qui, de facto, se trouvaient interdites par le régime. » La subversion naissant de la tonalité ?

Quand Ligeti créait sa musique, sa Hongrie natale, alors contrôlée par Moscou, n'était plus alors que l'ombre d'elle-même, c'est-à-dire le triste porte-voix (ou le masque tragique, grimaçant) d'une idéologie abhorrée par son peuple même.

(Cette image me fait irrésistiblement penser au tableau de James Ensor, *Les Masques et la Mort*, cette farandole folle de masques hideux dansant autour d'un crâne.)

Fin décembre 1995 –, on a retrouvé, dans un hangar de la ville de Tioumen (Sibérie occidentale), un piano ayant appartenu – c'est ce qui se disait, en tout cas – à un admirateur de Ligeti.

À l'époque en question, la *Tioumenskaïa Gazeta*, journal de la région, ainsi qu'un article bref de la *Pravda*, ont rapporté un *fait divers* relatif à ce piano ou, plus précisément, relatif à un concert donné au théâtre de la ville, ce soir-là, au cours duquel ledit piano a joué un rôle remarquable.

Après avoir évoqué la fébrilité de la foule très impatiente d'entendre cette musique jamais donnée dans le pays auparavant car considérée comme *déviante* par l'ex-régime communiste, le journal en arrive vite à l'acte de malveillance qui a perturbé le concert. (Notons au passage que, fin 1995, en dépit de la toute récente glasnost, la plupart des Russes avaient encore, à l'encontre des œuvres dites « occidentales », une espèce de méfiance atavique longtemps cultivée par le système…)

Et l'histoire avait de quoi surprendre… En effet, à peine le pianiste avait-il entamé son tout premier morceau, que – je cite – « des couacs affreux sortirent de la caisse de l'instrument. » Déconcertés, ne sachant pas déterminer s'il s'agissait là *effectivement* d'un choix esthétique de Ligeti ou du résultat d'un dysfonctionnement du vieux Steinway, plusieurs spectateurs se sont alors mis à siffler. Des bouteilles de vodka vides ont même été lancées sur l'orchestre si bien que la police a été obligée d'intervenir pour ramener l'ordre dans le public, suite à quoi, après « deux ou trois « réglages d'urgence » (?), le concert a quand même pu reprendre normalement.

L'article s'achève en relatant que, « pour la plupart, les spectateurs sont sortis décontenancés de la salle », incapables de se faire une opinion quant à la valeur esthétique de ce qu'ils venaient d'entendre.

Puis, sans transition, le correspondant du journal annonce qu'il a découvert les *véritables* raisons de l'incident : si l'instrument avait été incapable de jouer plus de trois notes à la suite – toujours les mêmes –, obsédantes et monotones, ç'avait été simplement du fait que, pendant la nuit, presque tous les marteaux du piano avaient été ligaturés ! Il s'agissait là en réalité d'un acte de sabotage...

La musique qui se joue actuellement en ex-URSS (ou peut-être serait-il plus juste d'écrire « dans le Nouvel Empire russe » ?), est-ce donc du Ligeti – une musique avide de renouveau – ou bien plutôt, une fois de plus (manies dont un pays ne se débarrasse pas comme ça du jour au lendemain !), une résurgence de la bonne vieille zizique du « Petit Père des Peuples » sur son vieux piano désaccordé ?

(Écrit au début dans les années 90...)

Comptine

Tiens c'est un condamné à mort
      Coupons-lui la tête
Tiens c'est une cocotte en papier
      Coupons-lui la queue
Tiens c'est un faux redresseur de torts
      Faisons-lui sa fête

Dieu Dieu Dieu que le monde est odieux

        À Robert Desnos
        À Jacques Prévert

Le liseur de filigranes

> Ce n'était pas à Christoph Detlev qu'appartenait cette voix, mais à la mort de Christoph Detlev.
>
> Rainer Maria Rilke, **Les cahiers de Malte Laurids Brigge**.

Jonas était en train de m'initier au bon fonctionnement du détecteur de faux billets qu'il venait juste de me livrer lorsqu'il me raconta l'histoire du *liseur de filigranes* (ainsi l'avait-il baptisé à son retour de Grèce où il l'avait croisé par hasard pendant ses dernières vacances).

– Appareil dernier cri, mon pote ! m'avait-il alors assuré avec son habituel enthousiasme de garnement qui, immanquablement, sait user de son charme irrésistible pour attirer les filles dans son lit. Tu verras, avec ce truc, impossible pour les trafiquants de tout poil, d'essayer de te faire passer des faux biftons, ça, je te le garantis. Le filigrane dans le papier, c'est ça le plus dur à reproduire pour eux...

Et c'est tout naturellement qu'il était passé de ce terme, *filigrane*, au récit de sa rencontre avec un mec plutôt bizarre (son « liseur de filigranes », comme il se plaisait à le surnommer avec un sourire de dérision) qu'il avait croisé par hasard, un mois avant, à l'issue de sa « super » visite du site antique de Delphes :

– Oui, ça s'est passé alors que je venais de me poser dans un restaurant à moussakas ; on a dû partager la même table. Trop de monde ! Mais comme le gars était plutôt sympa – il m'a tout de suite mis à l'aise en me versant un verre de son résiné –, je me suis installé en face de lui sans façon.

Enfin, voici ce que Jonas m'a raconté il y a quinze jours à peine à propos de son « drôle de type », un Grec qui parlait plutôt bien le français et qui portait le nom d'Apollonis Dimeskou... Mais laissons plutôt Jonas raconter lui-même !

« Jonas (au mec) :

"Avec un prénom pareil, vous devez vraiment vous sentir chez vous ici !"

Mazette ! Je te jure, mon pote : si t'avais pu voir la tête d'Apollonis ! Ma remarque lui a fait tellement plaisir qu'il me souriait de toutes ses dents ! Puis, je ne sais plus comment c'est venu mais la conversation a bifurqué sur l'art divinatoire – si près du temple de la Pythie, quoi de plus normal, après tout ! – ; sur les oracles aussi, sur les haruspices, les sibylles, etc., pour en arriver aux runes, aux messages codés, et donc enfin – de fil en aiguille – aux filigranes... (puisque la détection des faux billets, c'est mon rayon à moi...)

Le mec : "Ah, les faux-monnayeurs ! ça a toujours existé. Saviez-vous, par exemple, que dans certaines cités du coin, le crime était tel qu'on les tuait carrément ?"

Ah oui ? Tu parles si je le savais ! Moi, il me l'apprenait... Et des anecdotes dans ce style-là, il en avait plein son sac, le gars !

Puis – toujours au gré de la conversation –, nous avons parlé des sourciers qui parviennent à débusquer l'eau sous des mètres de terre ou de roche, des magnétiseurs qui prétendent retrouver des objets perdus rien que par la grâce de leur pendule, etc... ce genre de choses, quoi !

Je n'avais pas vu alors à quel point ce gars semblait scruter mon visage, comme si je l'avais eu couvert de peintures indiennes. Je n'avais pas remarqué non plus, jusqu'à ce moment-là, que ce type avait les yeux vairons... (ce qui est le cas de David Bowie, paraît-il). Tu sais ? un œil vert-de-gris et l'autre gris, gris-brun, comme si deux hommes différents te voyaient à travers le même regard. C'est plutôt troublant, à telle enseigne du reste qu'une fois que je m'en suis rendu compte, je n'ai plus réussi à me sentir aussi à l'aise avec lui qu'avant. Pourtant, c'était un type ordinaire : la quarantaine tout au plus, avec un faux air d'Anthony Quinn... Anthony Quinn dans *Zorba le Grec*... Tu vois ce que je veux dire ?... Bref, nous mangeons, nous buvons, nous bavardons quand, tout à trac, voilà qu'il me lâche :

"Moi aussi, j'ai un pouvoir."

"Ah bon ? Lequel ?" que je lui demande, comme ça, un peu scotché tout de même par la tournure que prenait la conversation... Tu sais, moi, ce genre d'histoires, très peu pour moi !

Mais comme je voulais surtout rester poli, j'ai préféré le laisser parler en prenant sur moi...

"Je sais lire les 'filigranes' sur le visage des gens, qu'il me balance comme ça... enfin pas sur le visage 'des gens' en général mais disons plutôt sur celui de certaines personnes. C'est un don que je tiens de ma grand-mère paternelle. 'Tu as le don', qu'elle me disait assez souvent, toute contente de me l'avoir transmis... C'est comme ça qu'un matin, j'ai vu Dimosthenis, mon meilleur copain de classe quand j'avais dix-onze ans, arriver à l'école avec *le signe*... Ce jour-là, Dimosthenis avait en effet, au-dessus de son nez, une espèce de dessin comme inscrit à l'encre invisible, mais dessin que moi et *moi seul* étais alors capable de voir (alors que les autres gamins, pas du tout!) Il s'agissait d'une grenouille – eh oui! je dis bien une grenouille! mais pour ainsi dire incrustée *sous* la peau de son front. C'était une expérience sacrément étrange... Et comme je ne pouvais pas tenir ma langue, je le lui ai dit, ce qui a provoqué rires et moqueries de sa part... Il n'a pas voulu me croire. J'en ai alors parlé à l'instituteur qui a lui aussi cru que je me fichais de sa poire (lui non plus ne voyait absolument rien sur la peau de Dimo). Alors, pour me faire passer l'envie de raconter des bobards, le maître m'a donné dix coups de férule sur les doigts avec interdiction de reparler de ça à qui que ce soit, sous aucun prétexte... le maître répétant tout bas : 'Il a le diable dans la peau, ce chenapan-là ! le diable dans la peau...' Et j'ai fini par avoir peur de le croire moi aussi."

"Et alors ?"

"Alors ? Alors j'ai dit... (comme ça, une inspiration subite, je ne saurais d'ailleurs pas pour quelle raison je lui ai sorti ça !..) J'ai donc dit à Dimosthenis de ne surtout pas aller se baigner dans la rivière. Comment vous dire ? (Apollonis a réfléchi un bref instant avant de recommencer à parler.) Le filigrane sur le front de mon petit camarade "m'avertissait" qu'il ne fallait pas."

"Alors ?" que je relance mon conteur de fable grecque, histoire qu'on en finisse une bonne fois pour toutes.

"Alors ?" qu'il soupire... "Alors, mon pote Dimosthenis est quand même allé se baigner... et s'est noyé." »

Et c'est sur cette note tragique que Jonas a conclu son laïus sur sa rencontre avec l'autre espèce d'illuminé, pendant ses vacances !

Moi : – Eh ben, dis donc ! Tu parles d'une histoire à dormir debout ! Et qu'est-ce que tu lui as dit après ça, à cet Apollonis de foire ?

Jonas : – Oh ! Rien du tout.

– Vraiment ?

– Ben, ouais quoi ! qu'est-ce tu veux donc répondre à un truc pareil ? Tout ça m'avait l'air tellement débile ! genre *Paranormal Activity*... (Tu sais ? cette émission pour zinzins qui passe sur je ne sais plus quelle chaîne de télé ?) Alors, de là, à gloser sur le sujet avec lui, très peu pour moi...

– Hum, hum... Je te comprends. Y a quand même un sacré paquet de tarés sur la terre !

– Je ne te le fais pas dire ! a conclu Jonas, tout sourire.

J'avais pourtant bien l'impression que, s'il remballait son matériel de démonstration sans se presser (le lecteur de billets ayant correctement fonctionné), tout en faisant mine de rêvasser à autre chose, c'était à dessein, afin de bien titiller ma curiosité. Parce que son histoire n'était pas encore finie ; je le sentais. (Il nous fait le coup à chaque fois !)

– Et ça s'est fini comme ça ?

– Ben, on a simplement fini de déjeuner en parlant de tout et de rien. Le gars était content de son repas passé en ma compagnie. "Il n'y a que les étrangers comme vous pour bien savoir écouter les histoires des autres." Voilà ce qu'il m'a dit en me serrant la main avant de repartir prendre son bus qui devait le ramener dans son village.

– Et c'est tout ?

– M'ouais... à peu près...

Quand on est intime avec Jonas, et qu'il utilise cette formule vague – « à peu près » –, on est *à peu près* certain, justement, qu'il n'a pas encore tout à fait terminé et que ce qu'il vous réserve pour la fin, c'est le meilleur. Bien évidemment, comme son truc marche à tous les coups avec moi – ce qui le comble d'aise, ce cornichon ! –, je me fais avoir à chaque fois... ce qui a encore été le cas :

– Alors, tu la craches, ta *Valda* !

– Eh bien, il m'a dit que, moi, j'ai une *cloche* dessinée sur le front.

Je dois avouer que la nouvelle nous a bien faire rire. Une cloche... la bonne blague ! J'en riais encore la semaine dernière en la racontant au téléphone à Dorothée (une ex de Jonas)... Oui, j'en riais avec elle et j'en rirais encore maintenant si Dorothée ne m'avait téléphoné ce matin très tôt pour m'apprendre que Jonas vient de mourir dans un accident de la route, à quatre heures cette nuit, à moins de deux kilomètres de chez lui. Le revêtement était glissant, ses pneus trop lisses... Contrôle impossible. L'accident s'est passé au lieu-dit *La Chaussée du Carillon*.

Depuis que j'ai appris le lieu du décès de mon ami Jonas – cette *Chaussée du Carillon* –, si je repense aux « divagations » de son prétendu oracle rencontré à Delphes, avec ses histoires de grenouille sur le front ou de cloche – de cloche *annonciatrice de malheur*, il faut bien appeler un chat un chat ! –, c'est désormais avec une forme d'intranquillité (état d'esprit très éloigné de moi jusque-là) que je reconsidère les choses...

Chanson de l'ombre

N'entends-tu pas dans l'ombre quelque chose mourir

N'entends-tu pas dans l'ombre quelque chose

N'entends-tu pas
quelque chose

N'entends-tu pas
dans l'ombre

dans l'ombre
quelque
chose
mou-
-rir

?

L'homme qui zappe

De nos jours, la magie a déserté les foyers et, bien souvent, les séries américaines pour tout jeunes adultes (genre *Friends*, par exemple), comme la plupart des films *yankee*, du reste, permettent à l'homme contemporain de vivre, par procuration, des aventures qui jamais ne pourraient lui arriver, *à lui*, dans sa *vraie* vie ! Insatisfait, mal dans sa peau, le mec assis devant sa télé souvent s'imagine à la place du héros mâle du film – Jake Gyllenhaal, Ryan Gosling ou encore quelque autre Harrison Ford – à qui il arrive mille et une aventures extraordinaires tandis que lui n'a d'autre horizon que ses problèmes de moteur cassé à faire réparer, de chauffe-eau défectueux ou de taxe nouvelle à payer… tout style d'emmerdes à des années-lumière de cette vie rêvée qu'il fantasme (vie forcément paradisiaque sur un îlot du Pacifique avec, bien sûr, une autre femme que la sienne dans son lit.)

Idéalement recomposée selon ses désirs, son existence devient alors un merveilleux rêve éveillé puisqu'il s'imagine *à la place* de l'acteur en train de virtuellement tromper bobonne avec la belle Jennifer Aniston… Oui, il s'y *voit déjà*, le gars, lorsque, patatras ! voici que justement déboule sa moitié (bien réelle, quant elle !) qui vient briser le miroir aux alouettes de ses fantasmagories les plus folles… Et l'engueuler.

Pour illustrer ce propos liminaire, je citerai ici l'exemple de Jean-Marc (appelons-le ainsi)... Jean-Marc qui, au lieu de tondre la pelouse, comme le lui avait demandé Julia, son épouse, se voit surpris par elle, assis dans le canapé, en train de regarder des émissions idiotes à la télévision... ce pauvre Jean-Marc qui, pris en flagrant délit de fainéantise, au lieu d'appuyer sur « Éteindre », se trompe de bouton et d'un coup

zappe

et zappe si bien que, quand il se retourne pour répondre à sa femme, il se rend compte (ô divine surprise !) que, non seulement madame s'est comme volatilisée au moment précis où il zappait justement ! mais aussi que ce seul petit geste du pouce a suffi (étrange affaire !) à le réexpédier *fissa* deux ans en arrière, dans son propre passé, soit en cette magnifique journée où il s'était offert une bamboula du tonnerre de Dieu, en célibataire, avec de vieux potes de régiment !

Quelle ne sera pas sa joie lorsqu'il comprendra, en une demi-seconde à peine que, pour échapper au courroux de son épouse, il n'aura désormais plus qu'à zapper zapper et encore zapper pour se voir *téléporté loin de là, loin de sa furie, loin de tout*, dès qu'il le voudrait !

Magique ! comme le dit si bien l'héroïne de *Bagdad Café*. Magique...

Voici la chose incroyable qu'il a vécue. Le véritable miracle auquel il a assisté. Le tour de passe-passe par lequel il a pu échapper à une mémorable remontée de bretelles...

Inutile d'ajouter que, sitôt saisie l'importance du profit qu'il pouvait dorénavant tirer de sa géniale découverte, il en usa sans modération et même de façon éhontée, les jours suivants. De fait, à chaque fois que Julia s'apprêtait à lui passer un savon pour telle ou telle raison, le voici qui se mettait alors à zapper pour fuir les cris. Fuir la réalité. Fuir son existence de merde...

Suite à quoi son obsession fut de revenir à la plus belle page de sa vie, c'est-à-dire à leur merveilleuse nuit de noces qui, onze ans plus tôt, les avait laissés, aux aurores, épuisés de bonheur sur la couche nuptiale. Après de longues heures de maniement de sa télécommande, Jean-Marc réussit ainsi ce prodige de retomber sur cet instant magique où, alors tout juste trentenaire, pas encore affublé de ce gros ventre qui lui était peu à peu poussé à force de bières et de boudin blanc, il prouvait sa flamme à sa douce Julia... Quand ils étaient toujours beaux, plein d'ardeur et de sève, pas encore hantés par le crédit de la maison à rembourser – crédit dont les échéances se mettraient à bouffer leur prime insouciance...

Jean-Marc chercha alors à empêcher tout retour à la réalité grâce à une petite astuce : il avait en effet imaginé qu'une fois revenu à la journée idéale de son existence, il lui suffirait tout bêtement de fracasser la zappette sur le carrelage pour revivre en boucle ce pur instant de grâce du coït post-marital – et ce, jusqu'à plus soif ! Rusé de Jean-Marc !

Adieu prises de bec avec Julia ! Adieu factures à payer ! Adieu tyrannie du quotidien ! Mais, en lieu et place, qu'une seule et longue et magnifique nuit d'amour sans cesse revécue...

Ainsi pensa-t-il régler une bonne fois pour toutes son problème de scènes de ménage sauf que... sauf que cette carne de télécommande, voilà qu'à cause de la chute, au lieu de le téléporter à la nuit de noces en question, cette saleté, en zappant de travers, l'avait sottement expédié au 17 février 1997, neuf heures du matin ! jour où on l'opérait de l'appendicite...

Le bonheur n'étant, paraît-il, pas de ce monde, il fallait bien que la guigne finisse par le rattraper ! Jean-Marc qui pensait avoir trouvé là le truc génial qui lui permettrait ainsi d'échapper pour toujours à une existence bien trop étriquée, hélas, tomba encore plus bas puisque c'était à longueur d'année désormais (et pendant un sacré bail) qu'on lui ouvrirait le bide ! Hélas ! Mille fois hélas pour lui ! Dame réalité, décidément, n'aime pas qu'on lui trafique son logiciel !

Justice pour Banjee

Prenez un chien normalement constitué, un dogue allemand, par exemple, son appétence pour la viande rouge est bien connue. Refilez-lui un morceau du steak que vous êtes justement en train de déguster, comme ça, à la volée, et hop ! ni une ni deux, le voici qui le saisit au débotté, sans préparation aucune. D'un unique coup de gueule. Pour se le bâfrer aussi sec avant de retourner coucouche panier comme si de rien n'était.

Ça, c'est un bon chien-chien à son pépère. Un bon toutou qui vous mange dans la main…

Mais il peut hélas en être tout à fait autrement chez certains canidés d'Amérique très à cheval sur la défense de leurs droits les plus sacrés. Des procéduriers, en somme.

Le chien d'Orville Bantree, par exemple, pour qui son maître dut intenter un procès pour « comportement discriminatoire à l'encontre de son animal de compagnie » au motif qu'à la cantine municipale d'Owensboro (Kentucky), on avait refusé de servir à table son compagnon à quatre pattes. Le pauvre Banjee en avait eu des gaz toute la semaine suivante – des gaz ainsi que de très handicapants et très subséquents troubles gastriques…

« Je ne suis pas *qu'*un chien après tout ! » avait jappé Banjee tandis qu'on lui posait sa gamelle au pied de la table.

Humilié dans son être, il avait cependant bien dû ravaler son orgueil blessé tout en avalant la nourriture déposée si bas sur le sol.

C'est Forster Panettone, le célèbre avocat des pauvres – des causes en apparence perdues aussi – qui avait déclenché toute l'affaire. Il avait suffi que Bantree lui raconte l'incident, autour d'un verre de gin, un soir de vadrouille entre potes, pour que le *lawyer* lui enjoigne de le laisser s'occuper de l'affaire – moyennant, bien sûr, 40 % des gains occasionnés par son succès au procès si succès il y avait :

– Mais est-ce au moins recevable ? s'était tout de même demandé Orville Bantree, loin de s'imaginer qu'on pût poursuivre l'administration pour un tel motif.

– Oh *yeeeeh*, mon poteau ! Et même plutôt deux fois qu'une... Ne viens-tu pas de me dire que l'humiliation de ton chien avait eu de bien fâcheuses conséquences ?

– Hum, hum !... En effet, depuis ce jour-là, Banjee n'arrête pas de péter, sans compter que la pauvre bête a chopé un vilain eczéma par-dessus le marché !... Un brave vieux chien qui d'habitude ne me cause jamais aucun souci...

– Ce qui t'a bien sûr généré des frais inhabituels, non ?

– Ouais ! 24$50 de shampooing *Soothing Itchy Dog* et des touffes de poil partout sur le canapé ; je passe au moins un quart d'heure tous les jours à l'aspirateur à cause de ça...

– Hum, hum... Perturbation de la vie quotidienne et augmentation inacceptable de la facture d'électricité à l'avenant. Le truc est tout à fait plaidable.

Ainsi se retrouvèrent Banjee, Bantree et Forster Panettone devant la Cour de l'État sise en sa capitale, *id est* à Frankfort.

Owensboro Catering VS Banjee Bantree, le plaignant.

Le brave dogue était arrivé au tribunal plutôt sûr de lui. Il faut dire que son maître lui avait lustré le poil à fond en le *coachant* des heures durant sur les droits civiques de tout individu vivant aux *USA*. Banjee avait tout bien avalé en même temps que son bol de croquettes *Just Food For Dogs* (un mélange à base de farine de poissons morts en aquarium et de granulés de sorgho de l'Illinois) s'astreignant à ne rien perdre des leçons d'Orville.

Et tous les trois – chien, maître et avocat – auraient vraiment été à deux doigts d'emporter le morceau si Banjee n'avait pas commis une maladresse impardonnable :

– Qu'est-ce qu'il a, ton clébard, à tirer une langue pareille ? avait susurré Forster Panettone à l'oreille d'Orville.

Il est vrai que la longue langue de Banjee pendouillait hors de sa gueule d'une façon des plus disgracieuses. Mais Orville était toujours prêt à défendre son clebs :

– Je crois bien que c'est là sa façon de dire qu'il apprécierait qu'on lui accorde aussi, par la même occasion, le droit de mordre le cul d'Otis MacCarthy (un gamin du voisinage) quand ce sale petit morveux voudra encore lui lancer des pierres lorsqu'il le recroisera. Et comme on est dans un pays de libertés individuelles, puisqu'un homme a bien le droit de manger de la viande de bœuf, pour quelle raison qu'un chien n'aurait pas celui de se boulotter un petit morceau du cul du môme qui l'agresse ?

Homme/chien... Chien/homme, c'est du pareil au même qu'ils disent, les antispécistes ! On est tous des créatures vivantes dotées de facultés cognitives très proches, selon eux... d'un commun sens de la justice aussi... Banjee tout comme moi donc... Aussi devrions-nous être sur un même plan d'égalité. C'est pourquoi je réclame justice pour mon chien sur ce point-là en plus...

Forster Panettone plaida en ce sens, ni plus ni moins. Après tout, c'étaient ses clients qui décidaient.

Mais le tribunal de l'état du Kentucky se déclara incompétent en la matière. Cela excédait largement les cas ordinaires. Aussi le vieux juge Beagle renvoya-t-il les demandeurs dans leurs pénates après un bon coup de marteau sur son perchoir d'acajou. Fatigué, déconcerté mais son œil sévère posé sur les deux drôles de plaignants assis devant lui – œil qui en disait long sur sa façon de penser.

Ite missa fuit. Y avait plus qu'à repartir chez soi. Ce qu'ils firent tous avec, pour ainsi dire, la queue entre les pattes. Même Orville.

À ce jour, la Cour Suprême des États-Unis d'Amérique n'a toujours pas statué sur ce cas particulier.

Désillusion

jardin des Hespérides

arbre où poussent des espoirs
tes pommes étaient acides
et ton or dérisoire

Puce et QR code

Ô monde exquis de la toute puissance numérique ! J'ai fait un rêve – un rêve fabuleux où toute chose serait (comme le disent si bien les Américains) *under control*...

C'était la nuit de lundi à mardi dernier. Je dormais d'un sommeil de plomb lorsque, bim ! voici que surgit d'un coup, dans mes méninges affabulées, la solution-miracle au très épineux problème de la pauvreté dans le monde (la pauvreté et son corollaire, les vilaines masses indésirables...) : le fichage de la totalité de ces individus-là, à l'échelle internationale... fichage avec mise en réseau, entre tous les États du monde, des données les concernant... Oui, tous les *pucer* avant de leur tatouer un QR code personnel, unique, infalsifiable et universel sur la peau !

Oh ! beauté de cette création qui a jailli comme la foudre de mon cerveau tellement avide de mettre de l'ordre dans le monde !

Quoi de plus simple, en effet, que de ficher tous les parasites de la terre afin de mieux les contrôler et de les guider – avec bienveillance, certes, mais avec poigne malgré tout – vers la recherche d'une vie les poussant à transcender leur misérable condition ?

Un exemple.

Prenez Donovan. Donovan Boucron… un petit glandeur de vingt ans dont la scolarité s'est soldée par l'éjection de son bahut sitôt tombée la date anniversaire de ses seize ans : convoqué par le principal de son collège (lequel, malheureux, n'en pouvait plus de ce perturbateur de classe), monsieur Barbarin lui signifiait, en effet, tout sourire de contentement affiché sur son triste visage chafouin, son renvoi de l'établissement…

De toute manière, Donovan Boucron n'y mettait déjà plus très souvent les pieds depuis un sacré bail, dans son bahut, préférant (et de loin !) s'adonner au lucratif travail de guetteur dans la cité d'à côté – pour ses amis dealers de coke ; à raison de 200 sacs la journée, c'était quand même carrément plus *cool* que de se fader à longueur d'année les foutus verbes irréguliers de la mère Tribouillard, sa prof d'anglais !

Ses parents – démissionnaires, ses parents, forcément, et vaguement alcoolos en sus (pour faire bonne mesure) – ses parents donc avaient quand même bien essayé de pousser leur rejeton « ingérable » à suivre une formation de soudeur, trouvée par la Mission Locale du coin… Mais en vain ! Il faut dire que Fulbert et Ganaé Boucron ne s'étaient pas foulés plus que ça pour pousser Donovan, leur petit chéri – en surpoids du reste (trop de *MacDo*, pas assez d'activité sportive) –, à vouloir changer de condition :

– Allez ! Debout espèce de feignasse ! l'exhortait papa Boucron, bière à la main dès neuf heures du matin (lui-même étant chômeur de longue durée), tout en se grattant le cul avant de l'aller poser – son cul justement – sur le canapé défoncé du salon pour y passer la journée à regarder des matchs de football américain sur *NestfliK*...

– Mmm... Fous-moi la paix ! Laisse-moi tranquille ! maugréait alors Donovan enfoui sous une montagne de couvertures...

Arrivait alors à la rescousse sa criante maman, Ganaé Boucron :

– Eh dis ! Tu vas te lever, bordel ! J'ai *pus* de lessive... Va m'en acheter au *Lidl* avant qu'y *soye* bourré de monde. J'ai le tambour plein.

(Il est vrai que le « tambour plein », elle avait l'air de l'avoir constamment, la maman : madame fumait tant que tout ce qui sortait de sa gorge en guise de son, ce n'était plus une voix flûtée et cristalline, mais quasi celle de Stallone, grâce féline en moins.)

– Oh ! Merde ! Va *iéch* ! concluait alors Donovan, excédé – riche d'un vocabulaire de quatre cents mots en tout et pour tout – avant de se rencogner pour trois bonnes heures de pionce supplémentaires.

Raison pour laquelle le gentil gamin ne resta que deux jours en formation avant de s'en voir radié pour de bon.

– Faut le comprendre, le pauvre petit, l'excusait pourtant sa *manman* compatissante à qui voulait l'entendre... Personne veut lui donner sa chance à notre Donov'. Personne.

Point final.

Eh bien, moi, j'avais trouvé la solution pour régler ce problème de paupérisation des masses incultes : les pucer – oui, tous les pucer pour mieux les suivre à la trace, où qu'ils soient. Voilà. Et – pas trop mais un peu quand même – les forcer à œuvrer pour le bien commun.

Comment est-ce que ça marcherait ce truc-là ? Oh, c'est bien simple ! Il suffirait :

1 - de rendre le puçage obligatoire à toute la population du pays ;

2 - de rendre obligatoire le tatouage d'un QR code d'identification internationale sur la peau de tous les individus d'une même population (et ce, dans tous les pays de la terre ayant signé une convention entre eux) ;

3 - de créer une base de données mondiale interconnectée entre tous ces pays – civilisés – désireux de régler une bonne fois pour toutes le problème (épineux, je ne le répéterai jamais assez) de la pauvreté comme des masses indésirables, afin de pouvoir tracer partout, à toute heure du jour et de la nuit, où qu'ils se trouvent, tous ces malfaisants qui corrompent nos belles sociétés occidentales...

Ainsi, grâce à ce merveilleux outil numérique (aussi fabuleux que ceux proposés par les GAFA), peut-être – assurément même – serions-nous en mesure de *titiller* suffisamment fort les pauvres – comme les indésirables – pour que tous se bougent enfin les fesses et quittent leur statut d'éternels assistés à vie. Oui, quoi ! Merde à la fin ! Y en a assez de tous ces inutiles au final responsables de leur misérable condition.

Moi je dis toujours (et c'est pas pour me vanter) que de bonnes vieilles méthodes issues « d'un autre temps », *comme ils disent*, peuvent bien resservir à la nôtre, d'époque. Pourquoi pas après tout ?

C'est qui donc qui va le régler, ce foutu problème, sinon ? Hein, c'est qui ?

Alors, moi, je dis qu'il faut pouvoir arriver à contrôler tous les individus vivant sur la terre tout simplement en leur scannant la couenne au passage. Des bornes de surveillance permanente devront alors être installées dans tous les pays de la planète d'ici cinq à dix ans (à l'exemple des bornes pour voitures électriques) afin que toutes les polices du monde puissent lire leur QR code au moindre contrôle et agir en conséquence...

Exemple :

« Donovan Boucron --- 14, rue des Fleurs à Vierzon (France) --- Né à Bourges le 05 avril 1997 (France) --- RSA [Aide sociale française] depuis le tant... --- Renvoi de son collège (adresse du bahut) pour insubordination en novembre 2013 --- Radié de sa formation en « soudure industrielle » le tant... --- Coûte 952,74€ / mois à la communauté...

Etc. Etc. »

Le policier : – Donovan Boucron ?

Donovan : – Ouais, *mec* !

Le policier : – Vous êtes répertorié, dans la base de données du Ministère de l'Intérieur, en tant que "fardeau social à très faible potentiel de réinsertion"...

(Puis s'adressant à son collègue policier en appui de leur mission de contrôle, ce jour-là) :
– Arrestation immédiate. Suivie de l'envoi du délinquant en colonie de travail.

Suite à quoi le pandore appréhende l'autre déchet et le fourre *recta* dans le panier à salade.

Voilà.

Simple. Rapide. Efficace. Numérique.

Y aurait alors plus qu'à donner un coup de tampon – numérique aussi, le coup de tampon, bien sûr ! – pour formaliser tout ça avant de saisir l'autre larve par la peau du cul et de l'envoyer dare-dare curer les gogues du Centre de redressement par le travail pour indésirables patentés, histoire de lui apprendre à vivre, à ce con.

Voilà ce que j'ai vu en rêve l'autre nuit.
Voilà ce que je dis, moi.
Faudrait peut-être juste que ceux qui nous gouvernent en prennent de la graine !

La reine des mutants

De nos jours, la liberté subit bien des attaques dans nos sociétés contemporaines et ce, hélas, à l'échelle mondiale ; aussi, tout citoyen soucieux de son droit de disposer de soi-même comme bon lui semble devrait légitimement s'interroger sur la nature *véritable* des corgis de la défunte reine d'Angleterre…

Une théorie intéressante (qui circule depuis peu sur les réseaux sociaux) affirme en effet que les tout derniers corgis possédés par la *queen Elizabeth* n'auraient jamais été, *en réalité*, que des animaux mutants créés de toute pièce par une entreprise supranationale (*I Am A Genius Corporated*) dirigée par Ethan Frusk, un milliardaire sino-australien dément… (Mutants à ADN reconfiguré avec gène du camouflage si bien trafiqué qu'ils peuvent s'introduire dans les secrets d'État de certains pays au vu et au su de tout le monde sans que quiconque ne puisse s'en rendre compte !...)

Cette même rumeur raconte en outre que la soif de puissance de Frusk proviendrait de son enfance ratée. Marqué à vie par l'expérience traumatisante du harcèlement scolaire, le besoin viscéral de ce type de prendre sa revanche sur un monde profondément « déceptif » le pousserait ainsi à vouloir quitter notre terre, « cette planète corrompue », pour sa sœur la plus proche – un biotope idéalisé –, Mars, en l'occurrence !

Un de ses grands projets serait de recréer, sur la planète rouge, une société humaine délivrée de tous ses maux terrestres. C'est en tout cas ainsi qu'Ethan vend son fantasme en ligne : « Un paradis réinventé où plus personne ne serait alors soumis ni au mal ni à la douleur de vivre... un monde martien où hommes et bêtes vivraient en harmonie absolue, au sein d'un milieu privilégié... »

Mais un monde à tout de même 600 000 $ par tête de pipe pour y accéder...

Ethan Frusk aimerait en conséquence (cela va de soi) devenir le tout premier chef d'État de cette colonie martienne – sans ouvertement oser l'avouer pour autant ! car E.F. rêve en réalité, en dépit de ses dehors libertariens, de détenir un contrôle *total* sur son joli joujou extraterrestre...

Mars deviendrait ainsi le nouvel Éden. Pur. Vierge de toute pollution. Idéal. Merveilleux. Tandis qu'à la terre, serait dévolu le rôle d'usine à fabriquer tout ce dont les gentils Néo-Martiens auraient besoin. Quoi qu'il en coûte... Que notre pauvre vieux globe parachève son triste destin de poubelle des hommes ne le dérangeant absolument en rien...

Selon certains bruits de couloir onusiens, le Royaume-Uni opposerait toutefois son veto au projet de « délocalisation de l'espèce humaine vers la planète Mars » au motif que l'accès aux minéraux rares présents sur le sol de cette planète deviendrait, *de facto*, propriété d'une personne physique et non d'une nation ou d'un groupe de nations... Impensable donc !

Désireux toutefois de parvenir à ses fins vaille que vaille, quitte à s'essuyer les pieds sur le droit international, Ethan Frusk aurait ainsi fait fabriquer des avatars de corgis « à potentiel cognitif amélioré » par sa société *I Am A Genius Corporated*, dans le but de les utiliser comme espions à Buckingham Palace. Ainsi, *Rocket*, par exemple (le plus jeune des mignons toutous arrivés au palais six mois avant la disparition de sa propriétaire), Rocket donc ne serait en réalité qu'un agent infiltré instruit non seulement à scanner d'un seul regard tout style de documents dans les fameuses boîtes rouges de sa Majesté (faculté obtenue grâce à plusieurs mutations génétiques) mais aussi à restituer le contenu de ladite information « encodée » dans ses propres déjections ! (autre aptitude due à la mutation de certains de ses gènes dans les laboratoires).

C'est une équipe de journalistes du *Shitty Diary* qui a soulevé le lièvre.

Cet article solide révèle, en outre, que les scientifiques d'Ethan Frusk ont mis au point un logiciel d'une puissance exceptionnelle, agi par un ensemble d'algorithmes d'une très grande et inédite complexité (façon Machine de Turing), capable d'interpréter, à partir desdites matières excrétées, une somme considérable de données – pourtant classées « Secret-Défense » ! – grâce auxquelles tout dirigeant de n'importe quel pays du monde serait dorénavant en mesure d'adapter sa stratégie politique à venir... Mais que seul, lui, Ethan Frusk, capterait à ses propres fins, en dernier ressort...

Tout ce que je viens de mentionner circule d'abondance sur maints canaux d'information *bien renseignés*, en particulier sur certains médias réputés fiables, lesquels distillent leurs articles via Internet à travers divers sites ou en passant par le canal de « *think-tanks* » de renom ayant tous pignon sur rue.

Les corgis mutants de la reine sont une information explosive digne du *Watergate* en son temps.

Les corgis mutants de la reine sont une redoutable arme à retardement dans les mains d'un mégalomane !

Les corgis de la reine, du seul fait de leurs petites gueules de gentils chiens bas du cul, sont en réalité une engeance de la pire espèce (en termes d'ingénierie à destination létale *new génération*) car sûrs, indétectables, foutrement efficaces du fait de leur aptitude à s'approprier toute information susceptible de nourrir des desseins belliqueux.

Les mutants sont parmi nous. Les corgis de la reine ne sont *pas* des corgis. Les merdologues de nombreux tabloïds anglais ne cessent ainsi de vous le répéter : « Méfions-nous des apparences, la vérité n'est pas toujours là où on croit qu'elle se trouve ! » – et comme moi, je fais confiance à la presse écrite !...

Je les crois.

La victime était presque parfaite

– "Le petit chat est mort".
– Quoi ?
– *Le petit chat est mort*, t'es sourde ou quoi ?
– Et t'es sûr que c'est ce qu'il t'a dit ?
– Ouais, même que le prof, y se pavanait avec son livre dans toute la classe quand il a sorti ça... J'étais en train de montrer à Lily-Rose les super *Snike* que je voudrais pour Noël quand je l'ai entendu qu'y causait du chat... Ça m'a fait bizarre sur le coup. Tu sais, m'sieur Gerbot, il est un peu barré. Y en a plein dans not' classe qui le calculent même pas...
– Mais comment qu'y sait donc que notre pauvre Noiraud vient de décéder ?
– J'sais pas, m'man, p't'être qu'y me surveille ?
– Quoi ? Ton prof de français te surveille ? Mais comment ?
– Oh ! Tu sais, ça serait pas si surprenant que ça : y prend aussi le bus 55 pour rentrer chez lui et, comme moi, je descends quelques arrêts avant lui pour rentrer chez nous, y sait forcément où qu'on habite. De toute façon, y a toute notre vie dans mon dossier scolaire – alors y sait ça forcément...
– Ouais, d'accord... mais pour le chat ? Comment qu'y sait pour Noiraud ?

— J'sais pas moi, c'est qu'il m'aura entendu en parler à mes copains. T'sais, faut toujours qu'y soye partout oùsqu'on l'attend pas, ce fourbe-là. Toujours dans vot' dos. Vous êtes là, cool à discuter avec vos potes, que hop ! v'là le Gerbot derrière vous en train de *se rincer l'oreille* depuis deux minutes sans même que vous l'*avez* entendu venir.

— Alors, comme ça, tu dis que votre prof vous espionne ?

— J'te dis qu'on le trouve tous un peu zarbi avec ses drôles de pantalons à carreaux et son nœud papillon...

— Ouais, le nœud pap', ça, ça craint un max. Je suis sûre qu'il est pas net, çui-là ! Un mec qui se sape comme l'as de pique et qui en plus porte un nœud pap' à l'école... au milieu de tous ces gamins... là, y a un truc qui cloche.

— Et *pis*, quand y m'a rendu ma rédac, y m'a foutu un 8, le boloss !... un 8, tu te rends compte un peu ! Moi, je dis que c'est au moins 11 que j'aurais dû avoir. Pas 8. En fait, le truc, c'est qu'y m'aime pas, ce connard de prof. Je crois même qu'y m'discrimine. Je le vois rien qu'à ses yeux qui me regardent avec *percitude*.

— Et c'était sur quoi déjà, cette rédac ?

— Sur Molière. *L'École des femmes*.

— Bonté divine ! Y peuvent pas, dans les ministères, choisir des trucs un peu plus de notre époque, quoi !... J'sais pas, moi : *Cinquante Nuances de Grey*, par exemple...

— Oh, p't'être pas quand même, m'man... C'est plus un roman pour les secondes ou les premières que pour notre niveau.

— Ouais, t'as sûrement raison. Mais bon, qu'importe ! Moi, c'est c'te drôle d'embrouille avec Noiraud qui me revient pas. Alors, il a dit ça comme ça : "Le petit chat est mort" ?

— Ouais, en me regardant droit dans les yeux.

— J't'en foutrais, moi, des "petit chat l'est mort" ! Je vais aller le voir, son chef d'établissement. Faut qu'on cause. Son Gerbot, y peut pas discriminer mon fils comme ça, juste parce qu'il lui revient pas... ou... oh ! mince alors ! Tu dis qu'y te regardait avec un drôle d'air ? Qu'y te faisait des yeux de merlan frit ?

— De merlan, je sais pas, mais des yeux de pervers, ça j'en suis sûre.

— Bordel ! Mon gamin ! Mon bébé ! La chair de ma chair !... Viens là dans mes bras ! Viens ! que je te dis... Dire que t'es dans le collimateur d'un type qui lâche des "petit chat l'est mort" pour convoiter ses élèves... avant de s'arranger pour les passer à la casserole un soir où qu'y a plus personne que toi et lui dans la classe.

— Allez, m'man... Lâche-moi, s'te plaît. J'suis plus un bébé.

— Quoi ! Toi ? Mon fiston, mon enfant chéri, mon tout...

— Allez, m'man, tu m'étouffes... Je peux *pus* respirer...

(Ce que c'est beau tout de même l'amour maternel parfois ! surtout quand couplé à un fort besoin de protéger sa progéniture !)

– Et ben, moi je dis qu'y faut aller à la gendarmerie déposer une main courante. Faut dénoncer ton prof... faire le ménage, quoi ! Voilà ce qu'y faut faire pour les empêcher de faire du mal, à tous ces foutus pervers.

– Pourquoi qu'y faut, m'man ?

– Ben, t'est bête ou quoi ?

– Ben... J'sais pas, moi.

– Hé ! patate ! parce que t'es une victime, mon fils.

Grosse poubelle

Ah ! merveille que la prospective scientifique ! Cela fait désormais quarante ans que la société *Space Why Not* se prépare à l'envoi de fusées sur Mars, quarante ans de fantasme de vie ailleurs forcément plus belle que sur notre planète si consciencieusement saccagée depuis des décennies... Ça y est : les trente-six sélectionnés pour le Grand Voyage partent cette nuit depuis la base de Cap Canaveral – nous y sommes !

Les rêves les plus beaux sont ceux des enfants – certes – mais des enfants bien dans leur têtes ! (dans leur petit univers de dragons cracheurs de feu, de fées bienveillantes, de belles poupées *Starbie*... monde où n'existent ni le mal ni le sexe... etc. etc.)

Qu'est-il donc arrivé au fondateur de *Space Why Not* pour, en bon milliardaire qu'il est, vouloir s'arracher de la Terre, notre bonne vieille planète bleue, pour créer des colonies humaines sur Mars ? Dans des bulles étanches... avec zéro forêt autour. Zéro mer du Bengale ou Baltique. Zéro envolée d'oiseaux migrateurs sur fond de ciel pommelé de nuages blancs. Zéro lune sous laquelle rêver...

Mais bon, pas grave ! On s'arrache d'une terre toute pourrie de pollution pour atteindre le paradis désertique et ocre de la planète rouge. Ouah ! Quel pied ! Ce sera si merveilleux de se regarder le nombril entre Néo-Martiens en repensant chaque soir à celle qu'on a quittée (la terre toute dégoûtante de plastique, de PFAS, de propylène et autres polluants partout répandus) pour se dire enfin : « Chouette ! Qu'est-ce qu'on s'éclate sur cette géniale planète où y a pas grand-chose à voir ! »

Martin Luther, du fin fond de son Indiana natal (natif de Fairmount ; 90 ans au compteur) a fait un rêve : dans ce rêve, il se voyait toquant à la porte du grand patron de *Space Why Not*, muni de sa houlette de berger façon Moïse-Charlton Heston dans *Les Dix Commandements*. Toc ! Toc !

– Qui va là ?

– C'est Martin Luther qui vient vous demander une grâce.

Et la porte du palais de sa majesté le capitaine d'industrie s'ouvre en grand pour lui laisser passage avant de se refermer aussi sec derrière lui comme le fit la mer Rouge sur le méchant pharaon de l'Exode...

– Sire, je vous conjure de créer une flottille de milliers de marie-salopes pour aller dépolluer les océans... des dizaines de milliers même ! Des petits bateaux qui sillonneront les flots salis par notre faute pour les purger de toute cette crasse que nous avons accumulée à la surface des océans. C'est facile pour vous et pas cher : vous êtes un des milliardaires les plus riches de notre pays.

Ce sur quoi, sa majesté se contente de montrer son cul au vieux avant de le faire virer comme un malpropre par sa police personnelle.

Voilà donc Martin Luther sur le sien, de cul, et dans la poussière ! (poussière chargée d'amiante et de résidus de dioxine, qui plus est) – triste Martin incapable hélas de retenir ses pleurs...

Drôle de rêve tout de même.

Mais que faire face à un type rêvant à une terre livrée à elle-même, débarrassée de la saleté de son humanité, baugée dans sa propre merde (bien fait pour eux tous, na !) – au profit d'un rêve infiniment plus grand ? celui de l'Homme transplanté dans le cadre stérile d'un Eldorado couleur de tuile et de Colorado... composé d'une population triée sur le volet, aseptisée, pleine de bons sentiments chrétiens... un monde infiniment reposant.

Ah ! rêve de grandeur et de beauté dévitalisée, quand tu nous tiens !...

Saviez-vous que le gentil créateur de cette société idéale arrachait les ailes des papillons à l'âge de cinq ans ? Qu'à sept, il gribouillait des atlas à grands coups de marqueurs rageurs ? Que racine de trois multipliée par x crottes de nez égale la tête à Toto ?

Martin Luther ne savait pas tout ça.

Il a d'ailleurs fait un autre rêve peu de temps après celui de son propre refoulement du nouveau paradis martien : les colonies étaient toutes bien installées – bien implantés les blocs de matériel humain dans leurs super bulles anti-radiations, bien acclimatées les plantes sous leurs serres (plantes qui ne verraient jamais un vrai rayon de soleil de leur courte existence).

Le *boss* de *Space Why Not* se promenait sur ses terres... euh, enfin non ! terme désormais devenu tout à fait impropre : disons plutôt qu'il se promenait avec son petit pistolet de cow-boy cosmique en plastique rouge à la ceinture, dans un labyrinthe de tubulures synthétiques reliant l'Unité de vie 1 à l'Unité de vie 2 (oui, celle-là précisément où on étudie le macramé turc et la nostalgie des chers temps anciens dans des méga-laboratoires blindés contre les rayons x et gamma) à la recherche des gens heureux de vivre ce bonheur-là.

Il y en avait bien trente de ces nouveaux migrants de l'espace – enfin disons plutôt trente et demi puisque la cuisinière de l'Unité de vie 2 était en réalité une lilliputienne, c'est-à-dire un être humain génétiquement modifié afin que sa consommation de nourriture fût moindre par rapport à celle des autres, autrement dit les Hommes à l'« échelle Un » qui, quant à eux, pouvaient bien se bâfrer deux fois plus qu'elle... Chacun sa caste, après tout !

En plein sommeil paradoxal, notre Martin Luther admirait la station, cette merveille de technologie, ébahi, ravi, fadé, n'en parlons plus ! Il en était arrivé au Giga Dôme, équivalent de la grande place publique des cités antiques (avec ses immenses verrières ouvrant sur le néant des espaces intersidéraux – rouge orangé, le néant, ce matin-là) lorsque, tudieu ! voilà-t'y pas qu'un énorme bout de déchet d'une ancienne navette d'exploration, en venant crever la gigantesque verrière, provoque alors l'expulsion de toute l'atmosphère artificielle contenue par elle pour laisser dessous les pauvres humains (heureux de vivre dans leur bulle depuis à peine deux ans) crever comme des poissons sortis de l'eau !

Ah ! Pollution ! Pollution ! Ivresse du déchet ! *Évohé ! Évohé !* Foutue pollution qui partout toujours s'invite dans le magnifique sillage du progrès humain...

La lune

> La lune, d'ordinaire, se fabrique à Hambourg, et fort mal...
>
> Nicolas Gogol, **Le Journal d'un fou**

On brade la lune…
Mille milliards de yens c'est pas cher c'est modique
pour y bâtir une usine à croissants
à croissants de lune bien sûr

Mille milliards de tonnerres !
Comment vont-ils faire dorénavant
les romantiques
pour frémir à l'astre croupissant ?

Mai 2024